妖《よう》精《せい》のロールパン

斉藤栄美・作　　染谷みのる・絵

もくじ

おもな登《とう》場《じょう》人《じん》物《ぶつ》

妖《よう》精《せい》のロールパン
戸《と》田《だ》かれん
神《かん》崎《ざき》侑《ゆう》太《た》郎《ろう》
水《みな》上《かみ》愛《あい》理《り》
星《ほし》島《じま》歩《あゆ》夢《む》

1　いつもと少《すこ》しちがう朝《あさ》

時計《とけい》を見《み》たら、六時《じ》だった。

まだ起《お》きなくてもだいじょうぶな時間《じかん》。小麦《こむぎ》は、あと少《すこ》しねようと、目《め》をつぶった。

でも、やっぱり、もうねむれなかった。ずっと今《いま》まで早起《はやお》きしてきたしゅうかんは、急《きゅう》には変《か》えられないようだ。

あきらめて、小麦《こむぎ》はベッドを出《で》た。その気《き》になれば、わずか五分《ふん》で身《み》じたくを整《ととの》えられるのだけど、今日《きょう》は急《いそ》ぐ必要《ひつよう》もない。ゆっくり着《き》がえ、そぉっと足音《あしおと》をしのばせてリビングへと向《む》かう。

うす暗《ぐら》い部屋《へや》のかたすみから、ボールみたいにとびだしてきたのは、飼《か》い犬《いぬ》のコロネだ。オスのトイプードル。チョコレート色《いろ》の茶《ちゃ》色《いろ》い毛《け》をしているので、「コロネ」と小麦《こむぎ》が名《な》づけた。

コロネは後《うし》ろ足《あし》だけで立《た》って、小麦《こむぎ》のまわりをぴょんぴょんはねる。「おはよう」と小麦《こむぎ》もコロネの背中《せなか》をなでた。

(あれ？　そういえば……)とでもいうように、小麦《こむぎ》を見《み》あげて、コロネが首《くび》をかしげた。(けさは出《で》かけないんですか？)

「うん、いいの。コロネも知《し》っているでしょう？　ボンジュールはしばらくのあいだ、お休《やす》みなんだよ」

「クゥーン」

と、コロネがさみしげに鳴《な》いた。

「けど、心配《しんぱい》しないで。パンは焼《や》くよ。だれがだと思《おも》う!?」

小麦《こむぎ》は、いきおいよくカーテンを開《あ》けた。

とたんに朝日《あさひ》がさしこんで、部屋中《へやじゅう》を明《あか》るい春《はる》の光色《ひかりいろ》にそめた。

小麦《こむぎ》の住《す》む家《いえ》は、六階建《かいだ》てのマンションの最上階《さいじょうかい》。南向《みなみむ》きのまどと、南西《なんせい》のまどとがつながって、「へ」の字《じ》の形《かたち》にサッシのコーナーをつくっている。このリビングの大《おお》きなまどからながめる景色《けしき》を、特《とく》にママが気《き》に入《い》って買《か》ったらしい。

ママには、もう一つ、もくろみがあった。実家《じっか》の近《ちか》くに住《す》んで、共働《ともばたら》きの子育《こそだ》てを手伝《てつだ》ってもらうこと。つまり、小麦《こむぎ》のめんどうを、おじいちゃん、おばあちゃんにみてもらえるようにと、駅《えき》をはさんで五分《ふん》のここを選《えら》んだのだった。

でも、もくろみだろうとなんだろうと、小麦《こむぎ》もこの家《いえ》が大《だい》すきだ。なにより、ボンジュールまで「パンがさめないきょり」なのがいい。

「さぁ、じゃ、朝《あさ》ごはん、つくろっかな」

小麦《こむぎ》はコロネをしたがえて、キッチンに立《た》った。

ゆうべのうちにママがお米《こめ》をしかけておいた炊飯器《すいはんき》のタイマーは、たきあがりまで「あと七分《ふん》」をしめしている。

「お魚《さかな》、お魚《さかな》」

冷蔵庫《れいぞうこ》からサケの切《き》り身《み》三枚《まい》と、

「おみそしる、おみそしる」

おとうふ、あぶらあげ、ネギをとりだす。

トン、トン、トン……とネギを切《き》っていたら、

「おはよう」

ねぐせの頭《あたま》をかきながら、パパがあらわれた。

「小麦《こむぎ》、けさも早《はや》いな……。えっ、なにしてるの？」

「朝《あさ》ごはんのじゅんび」

パパは、あわてて、ろうかの奥《おく》の部屋《へや》をふりかえった。

「おい、よっちゃん！　小麦《こむぎ》が朝《あさ》ごはんのしたくしてくれてるぞ。いいのか、母親《ははおや》がいつまでもねてて」

大学《だいがく》のサークル仲間《なかま》だったママを、パパは、今《いま》でも当時《とうじ》のよび名《な》でよんでいる。ちなみに、ママはパパのことを「パパ」とか「あなた」とか、たまには「圭祐君《けいすけくん》」。

やがて、パジャマすがたでママ登場《とうじょう》。家族《かぞく》が全員《ぜんいん》起《お》きてきて、コロネは大《だい》こうふん。三人《にん》のあいだを行《い》ったり来《き》たり、たちまちリビングはにぎやかになる。

「ごめん、ごめん」

と、ママ。小麦《こむぎ》のとなりにならんで、

「えーと、なにをすればいいかな……、あ、サケ焼《や》くね」

そでをまくりあげた。

「ゆうべは仕事持《しごとも》ちかえって、おそくまでやってたもんだから、ねぼうしちゃった。サンキュー、小麦《こむぎ》。あなたがなんでもできる子《こ》で、ママ、本当《ほんとう》に助《たす》かるよ」

たしかに四年生《ねんせい》だけど、小麦《こむぎ》は、だいたいのことはひとりでこなせる。

そのうえ、これから、もっとすごいことにちょうせんしようとしているのだ――。

「うん、おいしい。いい味《あじ》」

ひとくちすすって、ママが、小麦《こむぎ》のつくったおみそしるをほめた。

「どれどれ」

パパもおわんに口《くち》をつけ、

「本当《ほんとう》だ。ママよりじょうずー――」

と言《い》いかけて、横目《よこめ》でにらむママのしせんに気《き》づき、

「いや、けど、あれだね。こういう朝食《ちょうしょく》にもすっかりなれたね」

話《はなし》をそらした。

三人《にん》でかこむ食卓《しょくたく》には、ごはん、おみそしる、魚《さかな》、つけもの……と、和食《わしょく》の朝《あさ》の定番《ていばん》メニューがならんでいる。

「そうね。ごはんもいいわよ。なんたって日本人《にっぽんじん》だし」

キュウリのあさづけをポリポリかじって、ママ。

「そうそう、日本人《にっぽんじん》の朝《あさ》はやっぱりごはんさ」

負《ま》けじとパパも、たくわんをコリコリ。

ポリポリ。コリコリ。ポリ……。コリ……。

「でも……」

ママがおはしを手《て》からはなした。

ため息《いき》をついたのは、パパ。

「クロワッサンが食《た》べたい……。ボンジュールの」

「オレも。朝《あさ》は、やっぱり、お父《とう》さんが焼《や》いたパンとコーヒーじゃないと、調子《ちょうし》が出《で》ないよ」

小麦《こむぎ》のおじいちゃんの家《いえ》はパン屋《や》さんだ。店《みせ》の名前《なまえ》は〈ボンジュール〉。町《まち》の人《ひと》たちに、焼《や》きたてのパンを食《た》べて一日《にち》をスタートさせてもらいたいと、朝早《あさはや》くから店《みせ》を開《あ》けていた。もちろん、むすめや孫《まご》にも。毎朝《まいあさ》、ボンジュールに朝食用《ちょうしょくよう》のパンをとりにいくのが、小麦《こむぎ》の日課《にっか》だった。

ところが――。

「ママもパパも言《い》わないで。わたしだってがまんしてるのに。それに、一番《ばん》つらいのはおじいちゃんだよ」

「ごめん。つい、うっかり……。小麦《こむぎ》の言《い》うとおりだね。お父《とう》さんがだれより、パンが焼《や》けなくてくやしい気持《きも》ちよね。休業《きゅうぎょう》だなんて……」

ママが目《め》をふせる。

体《からだ》の調子《ちょうし》が悪《わる》くて、病院《びょういん》で検査《けんさ》を受《う》けていた、おじいちゃん。きのう病気《びょうき》が見《み》つかり、しばらく入院《にゅういん》することになったのだ。ボンジュールも、おじいちゃんとおばあちゃん、二人《ふたり》だけの店《みせ》だから、とうぶんのあいだ、お休《やす》みするよりしかたがなかった。

とびきりおいしいボンジュールのパンが食《た》べられなくなって、町《まち》の人《ひと》たちも小麦《こむぎ》たち家族《かぞく》もがっかりしている。

「元気出《げんきだ》そうよ、パンならわたしが焼《や》くよ！　今日《きょう》レシピもらう約《やく》束《そく》なんだ！」

小麦《こむぎ》は、パパとママに右手《みぎて》の親指《おやゆび》を立《た》てて見《み》せた。

「本当《ほんとう》にちょうせんするのね、パンづくり！」

「うん。さっそく、明日《あした》やってみるつもり。で、最初《さいしょ》に焼《や》いたパンをおじいちゃんに食《た》べてもらうの」

「いいね。おじいちゃん、きっとよろこぶよ。あ、パパの分《ぶん》もちゃんと残《のこ》しておいてくれよな」

「もちろん！　たくさん焼《や》くからだいじょうぶ。コロネの分《ぶん》だってあるわよ」

急《きゅう》に登場《とうじょう》した自分《じぶん》の名前《なまえ》に、ソファでねそべっていたコロネが、

（なんですかッ？　おやつですかッ？）と、小麦《こむぎ》をふりかえる。

「悪《わる》いな。明日《あした》、お父《とう》さんのおみまいに行《い》かれなくて」

「ううん」

ママがパパに向《む》かって首《くび》を横《よこ》にふった。

「仕事《しごと》だもの。気《き》にしないで」

パパは旅行会社《りょこうがいしゃ》に勤《つと》めている。添乗《てんじょう》の仕事《しごと》で土日《どにち》が出勤《しゅっきん》になることも、しばしばだ。

「わたしも、入稿前《にゅうこうまえ》でいそがしくて……」

と言《い》うママは、雑誌《ざっし》の編集者《へんしゅうしゃ》。

「今夜《こんや》も帰《かえ》りがおそくなると思《おも》うわ。ごめんね、小麦《こむぎ》。でも、明日《あす》はお休《やす》みだから。午前中《ごぜんちゅう》はゆっくりねて、午後《ごご》からおじいちゃんの病院《びょういん》におみまいに行《い》こうね」

「うん、りょうかい。わたしは早起《はやお》きして、午前中《ごぜんちゅう》パンを焼《や》くけどね」

「規則正《きそくただ》しい生活《せいかつ》で、小麦《こむぎ》はエライです」

ペロッと舌《した》を出《だ》す、ママ。

「ごちそうさまでした。さてっと。会社《かいしゃ》に行《い》く用意《ようい》、しなくっちゃねっ」

ママの声《こえ》を合図《あいず》に、みんなが立《た》ちあがった。三人《にん》それぞれ、自分《じぶん》のお皿《さら》を持《も》って、流《なが》し台《だい》へと運《はこ》ぶ。

倉橋家《くらはしけ》の朝《あさ》がスタートした。
食卓《しょくたく》にボンジュールのパンはなかったけれども。

2　小麦《こむぎ》のレシピ

おじいちゃんの体《からだ》の調子《ちょうし》が悪《わる》くなったのは、小麦《こむぎ》が四年生《ねんせい》にあがった始業式《しぎょうしき》のころ。あれからまだ何日《なんにち》もたっていないのに……。

おじいちゃんは最初《さいしょ》、検査《けんさ》のために入院《にゅういん》したのだった。そのときには、まさか本当《ほんとう》に病気《びょうき》が見《み》つかり、そのまま入院《にゅういん》となり、ボンジュールも休業《きゅうぎょう》しなければいけなくなるなんて、だれも想像《そうぞう》していなかった。

（おじいちゃん、どうしてるかな。また、落《お》ちこんでなきゃいいけど……）

小麦《こむぎ》の表情《ひょうじょう》がくもった。おみまいに行《い》った日《ひ》、病室《びょうしつ》の出入《でい》り口《ぐち》で、ぐうぜん見《み》かけたおじいちゃんを思《おも》いだす。ベッドから上半身《じょうはんしん》を起《お》こして、しずかにまどの外《そと》をながめて……。

（あんな、さびしそうなおじいちゃん、初《はじ》めて見《み》た……）

小麦《こむぎ》が知《し》っているおじいちゃんは、いつもちゅうぼうに立《た》っていた。力強《ちからづよ》く生地《きじ》をこね、さっそうとパンを焼《や》いていた。無口《むくち》だけれど、「おいしい」の言葉《ことば》にはニヤッとわらう。まんぞくげに。

パンをつくれなくなったおじいちゃんは、すっかり元気《げんき》をなくしてしまった。

だから、小麦《こむぎ》はたのんだのだ。パンづくりを教《おし》えてほしい、と——。

一度《ど》はおじいちゃんにことわられたものの、小麦《こむぎ》はあきらめなかった。

レシピを書《か》いてもらえれば、あとは頭《あたま》の中《なか》に入《はい》っているよ、ボンジュールでおじいちゃんがパンを焼《や》くようす、それを思《おも》いうかべながら、きっと、わたし、やってみせる、できると思《おも》う。

「パンを焼《や》きたいの！」

やがて、おじいちゃんもうなずいてくれた。小麦《こむぎ》のためのパンづくりのレシピを書《か》くと約束《やくそく》してくれたのだった。

そのレシピが、今日《きょう》、とどく。

（楽《たの》しみ！）

思《おも》わず顔《かお》がほころんだ。

「なにかあった？」

小麦《こむぎ》はハッと横《よこ》を向《む》いた。

「いいこと……？」

となりの席《せき》の星島歩夢君《ほしじまあゆむくん》が、小麦《こむぎ》を見《み》て首《くび》をかしげた。

「うーん、でも、よくないことかな……？　今《いま》は、倉橋《くらはし》、わらってたけど、さっきは、顔《かお》をしかめてた」

「えっ！　わたし、そんなにいろんな顔《かお》してた!?」

ここは学校《がっこう》の教室《きょうしつ》の中《なか》。二時間目《じかんめ》の終《お》わりのチャイムが鳴《な》って、ちょうど中休《なかやす》みに入《はい》ったところ。

つい、おじいちゃんのことを考《かんが》えていた小麦《こむぎ》だったが、心《こころ》のうちの言葉《ことば》が、表情《ひょうじょう》になって出《で》ていたみたいだ。しかも、よりによって星島君《ほしじまくん》に見《み》られてしまうとは。

(ヤダッ！　はずかしい！)

たちまち耳《みみ》の後《うし》ろが熱《あつ》くなった。

「赤《あか》ちゃんのこと？　ほら、この前《まえ》、教《おし》えてくれたじゃない、赤《あか》ちゃんを育《そだ》ててるって」

星島君《ほしじまくん》に言《い》われるまで、すっかりわすれていた。

（そうだ、星島君《ほしじまくん》には、ちょっとだけ話《はな》したんだっけ）

小麦《こむぎ》はうなずく。

「じつは、赤《あか》ちゃんがすくすく育《そだ》ってね、そろそろわたしと遊《あそ》べそうなんだ。でも、うまく遊《あそ》べるか、ちょっと心配《しんぱい》で……」

「だいじょうぶだよ、倉橋《くらはし》なら。しっかりしてるし、やさしいもの」

「えっ……」

ほりの深《ふか》いきれいな横顔《よこがお》や、光《ひかり》にはんしゃする、やわらかそうな茶色《ちゃいろ》いかみの毛《け》のためばかりじゃない、星島君《ほしじまくん》がみんなに人気《にんき》があるのは。こんなふうなセリフをさらっと言《い》ってのけられて、それがちっとも、いやみやキザに聞《き》こえない。ほかの男子《だんし》たちとは、ぜんぜんちがう。

でも、今回《こんかい》の席《せき》がえで初《はじ》めてとなりになり、星島君《ほしじまくん》との会話《かいわ》になれていない小麦《こむぎ》は、早口《はやくち》に「ありがとう」とだけ言《い》った。どぎまぎしながら。

「ところで、赤《あか》ちゃんって、なんの赤《あか》ちゃん？　犬《いぬ》？　それともネコ？」

「あ……、えーとね――」

答《こた》えようかどうしようか、まよっていると、

「歩夢《あゆむ》、なにしてんの？　早《はや》く校庭《こうてい》行《い》こうぜ！」

男子《だんし》グループが星島君《ほしじまくん》をさらいにきた。しつもんの返事《へんじ》と小麦《こむぎ》と

が、ちゅうぶらりんなまま残《のこ》される。

つん、つん。ふりかえったら、愛理《あいり》ちゃん。

水上愛理《みなかみあいり》ちゃんは小麦《こむぎ》の一番《ばん》のなかよし。その愛理《あいり》ちゃんが、二つ後《うし》ろの席《せき》から手《て》をのばして、小麦《こむぎ》の背中《せなか》をつついたのだ。ニタァ、とわらっている。

「い・い・か・ん・じ」

愛理《あいり》ちゃんが言《い》った。

「え？　なにが？」

「小麦《こむぎ》ちゃんと星島君《ほしじまくん》。カップルって、ふんいき」

「ヤッ！　なっ！　ちょっと、愛理《あいり》ちゃん、なに言《い》ってんのっ!!」

小麦《こむぎ》は思《おも》わず立《た》ちあがり、顔《かお》の前《まえ》で両手《りょうて》をバタバタさせた。

「そんなんじゃないからねっ！　ぜったいに！」

「えー、そーおー？　二人《ふたり》の世界《せかい》にわりこめなかったけどなぁ」

「だれがわりこめないって？」

と、小麦《こむぎ》と愛理《あいり》ちゃんの会話《かいわ》に、ズカズカわりこんできたのが、神《かん》崎侑太郎《ざきゆうたろう》。

「そりゃそうだろうな。ジャンボ水上《みなかみ》だもん。こーんな広《ひろ》いすきまでも、ムリ！」

愛理《あいり》ちゃんは神崎《かんざき》から顔《かお》をそむけた。深《ふか》く、大《おお》きく、ため息《いき》をつく。

愛理《あいり》ちゃんの全身《ぜんしん》から放《はな》たれる「いやです！」オーラ。さすがの神崎《かんざき》も、すごすごと消《き》えるよりなかった。

「小麦《こむぎ》ちゃんは幸《しあわ》せよ。となりが星島君《ほしじまくん》で。わたしなんて、あれだからね。神崎《かんざき》なんてさ。ほんっと、サイアク！」

クラス一にぎやかな神崎《かんざき》は、なぜだか特《とく》に、愛理《あいり》ちゃんにからんでくる。それも、愛理《あいり》ちゃんがもっとも気《き》にしている体型《たいけい》のことをからかうのだ。愛理《あいり》ちゃんはずばぬけて背《せ》が高《たか》く、おとなびた体《からだ》つきをしている。中学生《ちゅうがくせい》や、高校生《こうこうせい》にまちがわれることもよくあるらしい。

「かれんちゃんがいればね。バシッと言《い》ってくれるのにね」

と、小麦《こむぎ》は、真後《まうし》ろの、からっぽな机《つくえ》をながめた。

小麦《こむぎ》と愛理《あいり》ちゃんとのあいだは、戸田《とだ》かれんちゃんの席《せき》だけれど、今日《きょう》は欠席《けっせき》。

人気《にんき》モデル戸田杏《とだあんぬ》のむすめで、自分《じぶん》も子役《こやく》モデルをしている、かれんちゃんは、仕事《しごと》のつごうでときどき学校《がっこう》をお休《やす》みする。

「なんかさぁ、平和《へいわ》じゃない？」「今日《きょう》の四年《ねん》一組《くみ》は楽《たの》しいよねぇ」「やっぱりだれかさんがいないから？」「シーッ！　そんなこと言《い》っちゃ、ダメ」

ひみつめいているわりに、聞《き》こえよがしな会話《かいわ》。はじけるようなわらい声《ごえ》が、ちょうどそのとき教室《きょうしつ》の真《ま》ん中《なか》の女子《じょし》グループからひびいてきた。顔《かお》は人形《にんぎょう》みたいにかわいいが、はっきりした性格《せいかく》のかれんちゃんを、あの子《こ》たちはこころよく思《おも》っていないみたいだった。

小麦《こむぎ》は、かれんちゃんと特別親《とくべつした》しいわけじゃない。しかし、いないところで悪口《わるくち》をいうのは――

（なんだかいやだな）

愛理《あいり》ちゃんも同《おな》じ気持《きも》ちらしく、二人《ふたり》の目《め》があった。

ダークブラウンの木張《きば》りのかべと、緑色《みどりいろ》の屋根《やね》。通《かよ》いなれたおじいちゃんのパン屋《や》さん、ボンジュールの店先《みせさき》だけれど、ガラスまでのカーテンはしまり、とびらには、しばらく休業《きゅうぎょう》する内容《ないよう》をしるした、おわびのポスターがはってある。

小麦《こむぎ》は、開《あ》いていないボンジュールをひとわたりながめ、うらへと回《まわ》った。この家《いえ》は、一階《かい》が店舗《てんぽ》、二階《かい》が住居《じゅうきょ》になっている。げんかんは店《みせ》の後《うし》ろ側《がわ》だった。

合《あ》いカギをさしこんで、小麦《こむぎ》は家《いえ》の中《なか》に入《はい》った。

「おばあちゃーん、ただいまー！　いるぅ？」

すぐに、トントントン……と階段《かいだん》をおりる足音《あしおと》がして、おばあちゃんが二階《かい》からあらわれた。

「おかえり。今日《きょう》はどうだった？　楽《たの》しかった？」

小麦《こむぎ》を出《で》むかえてくれるおばあちゃんの笑顔《えがお》は変《か》わらない。ボンジュールが休業《きゅうぎょう》でも。

「うん、楽《たの》しかったよ」

ずっと、こんなふうな毎日《まいにち》を送《おく》ってきた。両親《りょうしん》が働《はたら》いているので、小麦《こむぎ》は学校《がっこう》が終《お》わると、まずはここに帰《かえ》ってくる。もっと小《ちい》さな、まだ学校《がっこう》へあがっていないころから、小麦《こむぎ》はこのうちでほとんどの時間《じかん》をすごして育《そだ》った。

グィーングィーン、パンこね機《き》が回《まわ》る音《おと》。ピピピッ、と焼《や》きあがりを知《し》らせるタイマー。カランカランッ、お客《きゃく》さんの出入《ではい》りとともに鳴《な》る、とびらの上《うえ》のカウベル。家《いえ》の中《なか》は、にぎやかな音《おと》と声《こえ》と、それからこうばしいパンのにおいとでみちていた。

ところが、今《いま》はしずかだ。バターのかおりもしない。なにより、ちゅうぼうで働《はたら》くおじいちゃんのすがたがない。小麦《こむぎ》はこの家《いえ》にいて初《はじ》めてさびしさをおぼえた。

「おやつ、食《た》べる？」

いつものおばあちゃんの問《と》いかけに、

「ううん」

いつもとちがい、小麦《こむぎ》は首《くび》を横《よこ》にふる。

「それより、行《い》った？　おじいちゃんの病院《びょういん》」

「行《い》ったよ。さっき、帰《かえ》ってきたところ」

「じゃっ、もらってきたっ？」

「なにを？」

「だからぁ！　レシピ！　おじいちゃんの！」

じれる小麦《こむぎ》の前《まえ》に、おばあちゃんが、

「ハイ。これでしょ？」

と、紙《かみ》のたばをさしだした。

「レシピッ!?　おじいちゃんのっ!?」

小麦《こむぎ》は、おばあちゃんの手《て》から、うばうようにそれを受《う》けとった。

表紙《ひょうし》には、真《ま》っ白《しろ》な用紙《ようし》の中央《ちゅうおう》に大《おお》きな字《じ》で〈ロールパン〉と書《か》かれてある。おじいちゃんが、一番初《ばんはじ》めにチャレンジするパンとして選《えら》んでくれたもの。

ロールパン

二枚目《まいめ》からは、材料《ざいりょう》、つくり方《かた》と続《つづ》き……、ところどころに図《ず》まで入《はい》っている。でも、全体的《ぜんたいてき》に余白《よはく》が多《おお》い。番号《ばんごう》をふった工程《こうてい》と工《こう》程《てい》とのあいだに、それぞれかなりのスペースがあけてあった。

小麦《こむぎ》の手《て》もとをいっしょにのぞいて、おばあちゃんが言《い》った。

「これはね、完成品《かんせいひん》じゃないんだって」

「完成品《かんせいひん》じゃない？　どういう意味《いみ》？」

「その白《しろ》い部分《ぶぶん》に、やりながら気《き》がついたことを、どんどん書《か》きこんでいって、小麦《こむぎ》のレシピにしなさい、って、おじいちゃんからの伝言《でんごん》」

「わたしのレシピ……」

小麦《こむぎ》は、未完成《みかんせい》だという、そのレシピをながめる。

（ここに、わたしが、新《あたら》しい発見《はっけん》を……。なにを見《み》つけられるのかな。見《み》つかるかな。ページがぜんぶうまるほど!?）

「それとね、おじいちゃんが、もう一つ――」

「ねぇッ、今《いま》からもうやってみていいッ？　始《はじ》めるよ！　ロールパンづくり!!」

ちゅうぼうへかけこもうとする小麦《こむぎ》だったが、動《うご》けなかった。背《せ》中《なか》のランドセルを、おばあちゃんの手《て》に、おさえられていたからだ。

「話《はなし》は最後《さいご》まで聞《き》きなさい。おじいちゃんからのもう一つの伝言《でんごん》。

『このレシピは、小麦《こむぎ》が、小麦《こむぎ》の家《いえ》で、つくれるように書《か》いた』」

「うん、それで？」

「つまり、自分《じぶん》の家《いえ》でやりなさい、ってこと」

「エーッ、ちゅうぼうでやっちゃいけないのぉ？　どうしてぇ？

道具《どうぐ》も材料《ざいりょう》も、ぜんぶそろってるのにぃ！」

「ここは、オレのパンを焼《や》くための場所《ばしょ》だ。小麦《こむぎ》のパンを焼《や》く場所《ばしょ》ではない」

おじいちゃんの声色《こわいろ》をまねて、おばあちゃん。

「わたしが、ちゅうぼうをよごすとでも思《おも》ってるのかなぁ。ちぇーっ、信用《しんよう》ないな、わたし」

「信用《しんよう》してないわけじゃないだろうけど。たしかにボンジュールのちゅうぼうは、お客様《きゃくさま》にお出《だ》しするパンを焼《や》くところだからね。それと……、なんだかへんなことを言《い》ってたわね、『あいつも気《き》にくわないだろう』とかなんとか」

「あいつ？　だれ？」

「さぁ」

小麦《こむぎ》とおばあちゃんは、たがいに見《み》あわせた顔《かお》をかしげた。

「まっ、とにかく家《いえ》でやりなさい。明日《あした》はママも仕事休《しごとやす》みでしょう？手伝《てつだ》ってもらったら？　材料《ざいりょう》や道具《どうぐ》は持《も》っていっていいわよ。今《いま》、用意《ようい》してあげる。あと、あれもわすれないようにね、イチゴの天然《てんねん》酵母《こうぼ》」

「いいのっ!?　わたしが持《も》っていっても!?」

「もちろん。なくちゃ、パンは焼《や》けないよ。小麦《こむぎ》が育《そだ》てた酵母《こうぼ》だし」

「持《も》っていく!　持《も》っていく!」

今度《こんど》こそ、小麦《こむぎ》は、ちゅうぼうへ続《つづ》く引《ひ》き戸《ど》を開《あ》けた。

暗《くら》くて、しずまりかえっている。

まっすぐ冷蔵庫《れいぞうこ》の前《まえ》に進《すす》み、中《なか》をのぞく。チーズの箱《はこ》や、さまざまな種類《しゅるい》の手《て》づくりジャムのタッパー、マヨネーズ……などにまじって、二つの密閉容器《みっぺいようき》がおかれてあった。

一つのびんには、うすいピンク色《いろ》の液体《えきたい》。「イチゴの天然酵母《てんねんこうぼ》のエキス」だ。

もう一方《いっぽう》の容器《ようき》の、ふわふわなスポンジみたいな中身《なかみ》は、エキスに、こなをくわえて発酵《はっこう》させた「元種《もとだね》」とよばれるもの。

パンは、微生物《びせいぶつ》の酵母《こうぼ》の働《はたら》きによってふくらむ。パン酵母《こうぼ》を使《つか》いやすいように製品化《せいひんか》した「イースト」。酵母《こうぼ》がすみついていそうな材料《ざいりょう》から起《お》こす「自家製天然酵母《じかせいてんねんこうぼ》」もある。そして、このイチゴの天然酵母《てんねんこうぼ》を、おじいちゃんにかわってつくったのは、小麦《こむぎ》だった。

ちなみに、学校《がっこう》で星島君《ほしじまくん》に話《はな》した「赤《あか》ちゃん」というのは、この酵母《こうぼ》のこと。

ボンジュールのちゅうぼうでパンを焼《や》けないのは残念《ざんねん》だけれど、

（この子《こ》を連《つ》れて帰《かえ》れるのはうれしい！）

小麦《こむぎ》は、手《て》をのばした。

「うちに来《く》るんだよ。さぁ、おいで」

と、元種《もとだね》のびんの中《なか》で、キラッ！　なにかが光《ひか》った――気《き》がした
……。

「え？」

まるで、すな場《ば》でうずもれたビー玉《だま》が、いっしゅん、顔《かお》をのぞかせたみたいなかがやき。

急《いそ》いで、いろんな角度《かくど》からながめてみても、もうどこにも光《ひかり》は見《み》つけられない。

（かんちがいだった？）

「小麦《こむぎ》」

おばあちゃんによびかけられてふりかえった。

「プレゼント」

おばあちゃんが両手《りょうて》でひろげてみせたのは、エプロン。赤《あか》のギンガムチェックで、ポケットには小《ちい》さなリボンまでついている。

「三角巾《さんかくきん》もあるのよ」

こちらは赤地《あかじ》に白《しろ》いドット柄《がら》。

「かわいい‼　つくってくれたの？　わたしに？」

「ええ。これを着《き》て、パンづくり、がんばって！」

小麦《こむぎ》は思《おも》わずおばあちゃんにだきついた。

「ありがとう！　おばあちゃん、大《だい》すき！」

おばあちゃんの胸《むね》からは、ほんのり、バターとこなのかおりがした。

３　さわぐコロネと、いないママ

小麦《こむぎ》が、おばあちゃんの家《いえ》から、重《おも》い荷物《にもつ》をかかえて帰《かえ》ってくると、風香《ふうか》ちゃんがひとり、公園《こうえん》で遊《あそ》んでいた。

小麦《こむぎ》たちが住《す》むグリーンヒルズの正面《しょうめん》げんかんのわきには、フェンスでかこまれた小《ちい》さな芝生《しばふ》のスペースがあり、ここの子《こ》どもたちが「公園《こうえん》」と言《い》ったら、この場所《ばしょ》をさす。

「あ、小麦《こむぎ》ちゃんだ！」

風香《ふうか》ちゃんが小麦《こむぎ》を見《み》つけてかけよってきた。

「なに？　この荷物《にもつ》」

風香《ふうか》ちゃんは、興味《きょうみ》しんしん。小麦《こむぎ》がさげた大《おお》きな紙《かみ》ぶくろをのぞきこむ。

「ないしょ」

と、小麦《こむぎ》。

「えぇー、知《し》りたいぃ、教《おし》えてぇ」

今年《ことし》一年生《ねんせい》になったばかりの山下風香《やましたふうか》ちゃんは、三階《かい》の302号《ごう》室《しつ》に、お父《とう》さん、お母《かあ》さん、中学生《ちゅうがくせい》のお兄《にい》ちゃんの翔君《かけるくん》の、一家《いっか》四人《にん》でくらしている。看護師《かんごし》のお母《かあ》さんと、うちのママとはなかよし。

家族《かぞく》ぐるみのつきあいだった。

「じゃぁ、そっと教《おし》えてあげる。ひみつだよ」

「うん、うん！」

ひみつと聞《き》いて、たちまち風香《ふうか》ちゃんの目《め》がかがやいた。

「パンを焼《や》く道具《どうぐ》と材料《ざいりょう》が入《はい》っているの」

「パン！　焼《や》くの？」

「そう。わたしがね」

「えーッ！　すごーい、小麦《こむぎ》ちゃん!!」

尊敬《そんけい》のまなざしで風香《ふうか》ちゃんに見《み》あげられて、小麦《こむぎ》はまんざらでもない気分《きぶん》。

「風香《ふうか》ちゃんにも食《た》べさせてあげるよ、そのうち、わたしのパン」

「ほんとぅ!?　だったら、うさぎパンがいいな」

「えっ、あ、うさぎパン？」

「うん。風香《ふうか》、ボンジュールのうさぎパンが一番《ばん》すき！」

「そうだってね。翔君《かけるくん》から聞《き》いた」

以前《いぜん》、風香《ふうか》ちゃんのために、うさぎパンを買《か》いにボンジュールへと自転車《じてんしゃ》を走《はし》らせていた翔君《かけるくん》と、でくわしたことがあった。

「ボンジュール、今《いま》、お休《やす》みでしょう。お店《みせ》が開《ひら》くの、ずっと待《ま》ってるんだ」

うさぎパンは、うさぎの形《かたち》をしたクリームパン。

これからパンづくりを始《はじ》める小麦《こむぎ》に、つくれるかどうかはわからないけど、

（いつかつくりたいな）

と、小麦《こむぎ》は思《おも》った。

ボンジュールのパンを待《ま》ってくれている風香《ふうか》ちゃんに、食《た》べさせてあげたい。

（そのためにも、まずは、ロールパン！）

げんかんを開《あ》けたら、そこにはもう、コロネがいた。外《そと》から帰《かえ》ってくる足音《あしおと》を聞《き》きつけ、いつでもコロネは、ドアの前《まえ》のあがりかま

ちでしっぽをふって、小麦《こむぎ》を出《で》むかえてくれるのだ。

「ただいま、コロネ。おるすばん、ごくろうさま」

頭《あたま》をなでてやろうと、かがんだ小麦《こむぎ》に、

「ウウウウゥ……」

とつぜん、コロネが低《ひく》い声《こえ》でうなりだした。

「どうしたの？」

小麦《こむぎ》に対《たい》してではなく、どうやら、小麦《こむぎ》が持《も》っている荷物《にもつ》に向《む》かって、のようだ。

「あぁ、これ？　大《おお》きいものね。こわい？　だいじょうぶよ。パンの道具《どうぐ》が入《はい》っているだけ」

小麦《こむぎ》はくつをぬいで、紙《かみ》ぶくろをかかえながら、ろうかを進《すす》んだ。そのあいだもコロネは、けいかいしたようすをとかない。少《すこ》しはなれて、小麦《こむぎ》の前《まえ》や後《うし》ろを走《はし》りまわる。

「あーあ、重《おも》かった」

紙《かみ》ぶくろをダイニングテーブルの上《うえ》におき、背中《せなか》からランドセルをおろすと、やっと体《からだ》が軽《かる》くなった。「車《くるま》で送《おく》ろうか」というおばあちゃんの申《もう》し出《で》を、小麦《こむぎ》はことわった。これから始《はじ》めるパンづくりには、なるべく自分《じぶん》ひとりの力《ちから》で、ちょうせんしたいと考《かんが》えていた。

「ほらほら、コロネ、来《き》てごらん。強力粉《きょうりきこ》でしょ。スキムミルク。バターやはちみつは、うちにもあるから、もらってこなかった。温《おん》度計《どけい》。このスケッパーは、パンの生地《きじ》を切《き》るのに使《つか》うんだって」

小麦《こむぎ》は、ふくろの中《なか》から、おばあちゃんが持《も》たせてくれたパンづくりの器材《きざい》を次《つぎ》つぎととりだしては、テーブルにならべる。

「見《み》て！　おばあちゃんがつくってくれたの！」

と、エプロンもひろうし、

「そして、そして、ジャーンッ！」

イチゴの天然酵母《てんねんこうぼ》の元種《もとだね》の容器《ようき》を出《だ》したときのこと。

「ワンッワンッワンッ!!　ワンッワンッワンワンワンッ……!!」

ほえに、ほえまくる、コロネ。

「コロネ！　どうしたの!?　しずかにして！　だまって！」

小麦《こむぎ》がいくら注意《ちゅうい》しても、ほえやまない。コロネはわりとおとなしいほうの犬《いぬ》だが、まったくほえないわけじゃない。たとえば、知《し》らない人《ひと》が家《いえ》へ入《はい》ってきたときなどには、ほえもするけど、こんなにはげしいほえ方《かた》をしたことはなかった。

「ワンワンワンワンッ!!」

まるで、小麦《こむぎ》には見《み》えないなにかがいるみたいに、コロネは顔《かお》をテーブルに向《む》けて、ほえつづけた。

とうとう、小麦《こむぎ》はコロネをだきあげ、リビングのかたすみの、ソファのわきのサークルにとじこめた。

鳴《な》きやみはしたものの、コロネはうらめしげに小麦《こむぎ》を見《み》あげる。

「そこでしばらくおとなしくしていなさい。反省《はんせい》したら、出《だ》してあげます」

先生《せんせい》のようにさとすと、小麦《こむぎ》はひきかえし、戦利品《せんりひん》をひろげた海賊《かいぞく》よろしくテーブルをながめおろす。

「よぉーし、明日《あした》はがんばるぞぉ！」

器材《きざい》をとりあえず、ふたたびふくろの中《なか》へ。

イチゴの天然酵母《てんねんこうぼ》のエキスと元種《もとだね》の容器《ようき》だけは、冷蔵庫内《れいぞうこない》にきちんとおさめた。

（せっかく、やる気《き》まんまんだったのに）

よく朝《あさ》、小麦《こむぎ》が起《お》きてみると、家《いえ》にはだれもいなかった。

パパは、旅行《りょこう》の添乗《てんじょう》で早朝《そうちょう》から出勤《しゅっきん》だと知《し》っていたけど、ママは今日《きょう》はお休《やす》みのはず。ゆっくりおそくまでねる、と宣言《せんげん》していたくせして……。

小麦《こむぎ》は、ダイニングテーブルに残《のこ》された、ママからの置《お》き手紙《てがみ》をながめた。

『おはよう、小麦《こむぎ》。

ゆうべがんばって仕事《しごと》をしたのですが、終《お》わらなかったよー。なので、会社《かいしゃ》に行《い》かなきゃならないよー。ごめんね。お昼《ひる》すぎには帰《かえ》れると思《おも》います。ぜったいに、帰《かえ》る!! おじいちゃんの病院《びょういん》へは、そのあと行《い》こうね。おにぎり、にぎっておいたので、食《た》べてください。

ママより』

ラップをはずして、おにぎりを一つ、ほおばった。小麦《こむぎ》のすきな牛肉《ぎゅうにく》のしぐれ煮《に》が入《はい》っていた。

「おわびのつもり？　こんなんじゃ、だまされないもん。パンづくりはどうすんのよ、もうっ」

お皿《さら》にそえられた、おかずのだし巻《ま》きたまごにも手《て》をのばす。おこると、おなかがすくみたい。

「今《いま》から始《はじ》めないと、まにあわない。おみまいに持《も》っていけないよ」

おじいちゃんからレシピをわたされたことも、ボンジュールのちゆうぼうを使《つか》ってはいけないと言《い》われたことも、おばあちゃんにつくってもらったエプロンも、まだなんにもママには報告《ほうこく》できていない。昨夜《さくや》の帰宅《きたく》もおそかったようで、小麦《こむぎ》とパパとの二人《ふたり》だけの夕《ゆう》食《しょく》だったのだ。

「あてにならないんだから、ママは」

ふと、小麦《こむぎ》は、思《おも》った。

だったら、ひとりでやればいいいんじゃないの？

ママがいなくても、自分《じぶん》の力《ちから》で、パンづくりにちょうせんすればいい。

ママをあてにするからいけないいんだ。

「そうよね!?」

足《あし》もとにおすわりしていたコロネに声《こえ》をかける。きのう、コロネがさわいだのは、どういうわけだか、あのときだけだった。

「ママにメールしようっと」

仕事中《しごとちゅう》は、大切《たいせつ》な用事以外《ようじいがい》にはメールしない約束《やくそく》になっているが、これはれっきとした「大切《たいせつ》な用事《ようじ》」。

小麦《こむぎ》はケータイの画面《がめん》を開《ひら》いた。ママにメールをうつ。

《今《いま》から、家《いえ》でパンをつくってもいい?》

しばらくして、返信《へんしん》があった。

《どういうこと? ボンジュールでやらないの?》

《おじいちゃんが、ダメだって。ボンジュールはお客様《きゃくさま》のパンを焼《や》く場所《ばしょ》だから》
《あぁ、おじいちゃんが言《い》いそうね。それならしかたがないね。おばあちゃんが来《き》て、手伝《てつだ》ってくれるのかな？》
《ううん。わたしひとり》
《えー!?　だいじょうぶ？　明日《あした》ならママもいるから、いっしょにできるよ。明日《あした》にしよう！》
《今日《きょう》焼《や》きたい!!　おじいちゃんのおみまいに持《も》っていきたい！今日《きょう》今日《きょう》今日《きょう》今日《きょう》今日《きょう》今日《きょう》今日《きょう》今日《きょう》今日《きょう》今日《きょう》！！！！！》
《わかったよ！　そのかわり、くれぐれも気《き》をつけてね!!　オーブ

ンの使《つか》い方《かた》わかる？》
《(ˋ-ˊ)v》
《火《ひ》のあつかいに注意《ちゅうい》!!　あとかたづけもしっかり!!》
《それはママよりできると思《おも》います（￣▽￣）》
《(｀・ε・´)》
《じゃ、今《いま》から始《はじ》めるけど、いいよね？》
《がんばって!!　成功《せいこう》をいのってるよ o(*ˋ-ˊ*)o》
《(*ˋ-ˊ。)v》
ケータイをとじて、小麦《こむぎ》。
うでまくりをした。

「さぁて」

たまご焼《や》きをもうひと切《き》れ口《くち》に放《ほう》る。

「やりますか！」

4　材料《ざいりょう》をまぜあわせたら……

小麦《こむぎ》の家《いえ》のダイニングテーブルは、広《ひろ》くて、大《おお》きい。がっしりとした木《き》でできている。ひっこしのときに、おじいちゃんが自分《じぶん》で選《えら》んでおくってくれた新築祝《しんちくいわ》いの品《しな》だ。「こんな大《おお》げさなテーブル、まるでパン屋《や》の作業台《さぎょうだい》みたいじゃないの」と、ママは今《いま》でも、ぶつぶつもんくを言《い》う。

そのパン屋《や》の作業台《さぎょうだい》のようなテーブルの上《うえ》に、じっさいにならべ

られたパンの材料《ざいりょう》。強力粉《きょうりきこ》、さとう、しお、スキムミルク、はちみつ、水《みず》、バター。それぞれ必要《ひつよう》な分量《ぶんりょう》をはかって、容器《ようき》に入《い》れてある。ほかにも、ボウル、はかり、温度計《おんどけい》、ラップなど、あらかじめ使《つか》う道具《どうぐ》を出《だ》しておく。パンづくりをスタートさせても、あわてないですむように。

おばあちゃんお手製《てせい》のエプロンをつけ、両手《りょうて》も念入《ねんい》りにあらって、小麦《こむぎ》はじゅんびばんたん。

足《あし》もとにはコロネ。（なにか楽《たの》しいことを始《はじ》めるんですね!?）といわんばかりに、短《みじか》いしっぽを、パタパタ。

小麦《こむぎ》はおじいちゃんのレシピの一枚目《まいめ》をめくった。じつは、きのうのうちに何度《なんど》も読《よ》んで、内容《ないよう》はほとんど暗記《あんき》してしまっている。

「まずは、材料《ざいりょう》をまぜていくよ」

とコロネに説明《せつめい》し、小麦《こむぎ》は、ボウルに、強力粉《きょうりきこ》、さとう、しお、スキムミルクと順《じゅん》じゅんに投入《とうにゅう》した。

「こなはこな、水《みず》は水《みず》で、入《い》れたほうがいいんだって」

軽《かる》くまぜあわせる。

「次《つぎ》、水分《すいぶん》ね」

水《みず》の入《はい》ったカップに、はちみつをくわえ、スプーンでゆっくりかきまわして、とかす。

「さぁっ、いよいよです。主役《しゅやく》の登場《とうじょう》ー!!」

冷蔵庫《れいぞうこ》から、イチゴの天然酵母《てんねんこうぼ》の元種《もとだね》の容器《ようき》を出《だ》したとたん、

「ワンワンワンワンッ!!」

ふたたび、はげしくコロネがほえだした。

「なぁに？　しずかにしないと、また、ハウスに入《はい》ってもらいますよ」

コロネにはかまわずに、小麦《こむぎ》は元種《もとだね》の密閉容器《みっぺいようき》のフタを開《あ》けた。

ブオンッ、と空気《くうき》がぬける音《おと》がして――

「えっ!?」

音《おと》とともに、ビンの中《なか》から小《ちい》さな、なにかが飛《と》びだしてきた――

ふわんっと波《なみ》うつ形《かたち》に宙《ちゅう》を飛《と》び、うかんだまま止《と》まる、こっちに

向《む》けられた小《ちい》さな顔《かお》。

目《め》、鼻《はな》、口《くち》。両手《りょうて》、両足《りょうあし》もある。ついでに背中《せなか》に羽《はね》も！　体全体《からだぜんたい》がうすいピンク色《いろ》で、頭《あたま》の形《かたち》はレモンのような、だえんけい。

（やっぱり！　あのとき見《み》たのは、まぼろしでも、気《き》のせいでもなかったんだ!!）

「ワンワンワンワンッ!!　ワンワンワンワンッ!!」

コロネの機関銃《きかんじゅう》なみの鳴《な》き声《ごえ》におどろいたのか、その小《ちい》さな生《い》き物《もの》は、レーザーみたいに一直線《いっちょくせん》に飛《と》んで、たなのかげにかくれた。

それを追《お》いかけて、コロネは、たなの前《まえ》でまだ、もうぜんとほえつづけている。

（そうか……、コロネにはこの子《こ》が見《み》えていたんだ。だから……）

「コロネ!!」

小麦《こむぎ》はコロネの背《せ》をなでた。

「あやしいものじゃないよ」

コロネは鳴《な》くことをやめ、（本当《ほんとう》？）というふうに首《くび》をかしげ、小麦《こむぎ》を見《み》る。

「たぶん」

小《ちい》さな生《い》き物《もの》が消《き》えた方角《ほうがく》に、小麦《こむぎ》はよびかけた。

「びっくりさせちゃって、ごめんなさい。でも、もうだいじょうぶよ。こわがらないで。もしよかったら、すがたを見《み》せてくれない？」

しばらく待《ま》ったが、はんのうはない。

「前《まえ》にも一度《ど》、会《あ》ったよね？　ボンジュールのちゅうぼうで。イチゴの酵母《こうぼ》エキスが完成《かんせい》したときに」

今《いま》と同《おな》じようにビンの中《なか》から飛《と》びだしてきたこの生《い》き物《もの》と、目《め》があったことを、小麦《こむぎ》はずっと、かんちがいだったのだと思《おも》いこもうとしてきた。自分《じぶん》でも信《しん》じられなかった。もちろんだれにも話《はな》していない。

「本当《ほんとう》だったんだ……。うれしい、また会《あ》えて……」

ふわりと、空中《くうちゅう》で小《ちい》さなかげがゆれた。

あの子《こ》がすがたをあらわした。

くるん、くるん、ゆうら、ゆら、さわさわさわ……

小《ちい》さなその子《こ》が、飛《と》んでまわる動《うご》きは、ちょうど新体操《しんたいそう》のリボンのよう。飛行機雲《ひこうきぐも》みたいな金色《きんいろ》の線《せん》がうっすら残《のこ》り、すぐに消《き》えていく。

小麦《こむぎ》は目《め》だけで、あの子《こ》のすがたを追《お》った。

遠《とお》くから、だんだん近《ちか》くに……。小《ちい》さな生《い》き物《もの》は、小麦《こむぎ》の周囲《しゅうい》を調査《ちょうさ》でもするふうに、ふわん、ふわんと、飛《と》んでいる。

やがて、小《ちい》さな生《い》き物《もの》の調査《ちょうさ》はコロネにもうつった。

あやしいものじゃないと知《し》り、今度《こんど》は友《とも》だちになりたくて、うずうずしている気持《きも》ちが、ちぎれんばかりに左右《さゆう》にふられたコロネの

しっぽでわかる。それでもびっくりさせてはいけないと、はしゃぎたい思《おも》いをじっとおさえているらしかったが、小《ちい》さなその子《こ》が鼻《はな》の上《うえ》をスッと横切《よこぎ》ったしゅんかん、「クシュンッ!!」コロネは大《おお》きなクシャミをした。

はじかれたみたいにとびのいて、とっさにその子《こ》がにげこんだのは、小麦《こむぎ》のエプロンのポケットの中《なか》。

「あら!」

と、小麦《こむぎ》もおどろく。

少《すこ》しして、ポケットの奥《おく》から、おそるおそる出《で》てきた頭《あたま》のてっぺんには、長《なが》くのびたひげのようなものが……。さらにその先《さき》っぽに丸《まる》いピンクの玉《たま》。

（なんだろう……？　触角《しょっかく》か、なにか？）

顔《かお》だけ出《だ》して、その子《こ》があたりをのぞいている。そろぉり、そろり……。きょろっ、きょろっ。

「心配《しんぱい》いらないよ。さっきのは、クシャミ。あなたが鼻《はな》のまわりを飛《と》んだから、きっとくすぐったかったの。そうよね、コロネ？」

小麦《こむぎ》は、エプロンのポケットを、ゆっくり、コロネの顔《かお》の前《まえ》へと近《ちか》づけた。大切《たいせつ》なたからものを運《はこ》ぶみたいに、しんちょうに。

小《ちい》さなその子《こ》は、一度《ど》ポケットの中《なか》にもぐってしまったけれど、また、顔《かお》を出《だ》して……。

そぉっと、そぉっと、手《て》をのばす。

「コロネ、がまん。ほえても、クシャミしても、もちろんかみついても、だめよ！」

と、小麦《こむぎ》。

その子《こ》が、コロネの真《ま》っ黒《くろ》な鼻《はな》の頭《あたま》に、さわった——。

シャワシャワシャワッ！　シュワシュワシュワッ！

あぶくがはじけるような、軽《かる》い音《おと》。その子《こ》のわらい声《ごえ》だった。

（なんて、かわいいの!!）

「ねぇ、あなた、妖精《ようせい》でしょう？　ぜったいに、そう!!　絵本《えほん》で見《み》たのとそっくりだもん！　どこから来《き》たの？　魔法《まほう》、使《つか》える？　なんの妖精《ようせい》なの？」

アッ！　と、小麦《こむぎ》は、息《いき》をのんだ。

「わかった！　パンの妖精《ようせい》ね!!」

自分《じぶん》の言葉《ことば》に、うなずく。

「そうね？　そうよね？　今《いま》からわたしに魔法《まほう》をかけて、おいしいパンを焼《や》かせてくれるのね？　あっ、その触角《しょっかく》を使《つか》って、じゅもんをとなえるんじゃない？　さぁ、かけて！　わたしに、魔法《まほう》を！」

小麦《こむぎ》は両手《りょうて》をひろげた。と、急《いそ》いでその手《て》をひっこめ、胸《むね》の前《まえ》で交差《こうさ》させる。

「あ、待《ま》って、待《ま》って！　ちょっとタイム！　やっぱり、心《こころ》のじゅ

んびをするよ。魔法《まほう》なんてかけられたことないから。ふぅーっ、き
んちょうしちゃう」

しんこきゅうを三回《かい》。

「いいです。どうぞ」

しずかに目《め》をとじた。

シャワシャワシャワッ！

「どうしたの？　早《はや》く！」

シャッシャッシャッシャッ！

「わらってないで。ねぇ、お願《ねが》い」

シャラララララッ！　シャラララララッ………!!

小麦《こむぎ》は目《め》を開《あ》け、下《した》を見《み》た。

ポケットの中《なか》で、わらいころげる小《ちい》さな頭《あたま》。頭《あたま》の先《さき》っぽのピンクの玉《たま》もゆれてはいるけど、じゅもんをとなえそうなけはいは、いっこうにない。

「もしかして、あなた、わらいじょうご？　ただのわらいじょうごなだけ？」

シャワシャワシャワ……。

「ま……、そうよね。魔法《まほう》でパンが焼《や》けちゃうなんて、うまい話《はなし》……。だいたい、それじゃ、意味《いみ》ないじゃん！」

気持《きも》ちを切《き》りかえ、小麦《こむぎ》。

「始《はじ》めよう」

ポケットの中《なか》の小《ちい》さな人《ひと》にも、声《こえ》をかける。

「あなたもいっしょに、どう?」

シャシャシャッ!

返《かえ》ってきたのは、あいかわらずのわらい声《ごえ》。言葉《ことば》が通《つう》じていないのかもしれない。

5　こねて、ねかせて、また休《やす》ませて

いきなり中断《ちゅうだん》してしまったロールパンづくりを、小麦《こむぎ》は気《き》をとりなおし、ふたたび始《はじ》めた。こなの入《はい》ったボウルに、はちみつをとかした水《みず》、イチゴ酵母《こうぼ》の元種《もとだね》をくわえる。

「さぁ、かきまぜるよ」

材料《ざいりょう》に手《て》を入《い》れるしゅんかんは、ちょっとドキドキ。水分《すいぶん》が少《すく》ないためか、全体的《ぜんたいてき》にこなっぽく、最初《さいしょ》はザクザクッとした感《かん》じ。

ボウルにくっついた生地《きじ》も、こそげおとす。なかなかまざりあわないけれど、なんとかひとかたまりになったところで、テーブルの上《うえ》へ、どかんっとうつした。

テーブルには、新聞紙《しんぶんし》一面分《めんぶん》くらいの大《おお》きさの、木製《もくせい》のボードがしいてある。生地《きじ》をこねるときの台《だい》に使《つか》う、おばあちゃんの家《いえ》から持《も》ってきた道具《どうぐ》の一つだ。

エプロンのポケットにかくれていた、わらいじょうご。いつのまにか、小麦《こむぎ》の肩《かた》のあたりにただよって、熱心《ねっしん》にようすをながめていた。高《たか》い場所《ばしょ》が見《み》られないコロネは、鼻《はな》をクンクンさせ、小麦《こむぎ》の足《あし》もとをウロウロ。

「それでは、こねていきまーす」

小麦《こむぎ》が考《かんが》える、パンづくりの中《なか》で一番《ばん》カッコイイ作業《さぎょう》が、この「こねる」。やる前《まえ》からすごく楽《たの》しみだった。

「まずは、二、三分間《ぷんかん》こねて、バターをくわえていく。何回《なんかい》かに分《わ》けて」

手順《てじゅん》をかくにんし、いざ、スタート！

「うわっ、なに、これ」

とにかく、くっつく。ベタベタしている。こねるどころじゃない。

手《て》にはりついた生地《きじ》を、はがしては、こね、はがしては、こね
……。

シャワシャワシャワ……！

「あ、また、わらってるな」

それでも、そのうち、だんだんと生地《きじ》がのびるようになってきた。

「バターを入《い》れてもいいころかしら」

おじいちゃんのレシピには、「ぬりつけるように」と書《か》いてあった。

全部《ぜんぶ》で三回《かい》、ぬって、こねて、をくりかえした。

わらいじょうごが、生地《きじ》の真上《まうえ》まで近《ちか》づいて、空中《くうちゅう》から見《み》おろしている。

「いいにおいでしょう？」

「ワンッ！」

返事《へんじ》をしたのはコロネ。

「そうね、コロネもバターがすきよね」

シャシャシャッ。

今度《こんど》はわらいじょうご。

小麦《こむぎ》もクスッとしながら、こねる手《て》にいっそう力《ちから》をこめた。それというのも、急《きゅう》に生地《きじ》が重《おも》たくなってきていたからだ。もう手《て》にはくっつかないけれど、かわりにボードにはりつく。まるで、スーパーのゆかにひっくりかえって、おかしをせがむ、だだっ子《こ》のよう。ひきはなすのに、ひと苦労《くろう》。

「あぁ、重《おも》たいぃ。つかれるぅ」

カッコよく見《み》えた作業《さぎょう》が、じつは重労働《じゅうろうどう》だったことを、小麦《こむぎ》は知《し》った。

（でも、おもしろい。パンの生地《きじ》って。生《い》きてるみたい。どんどん変《か》わっていく……）

「それにしても、これを、十五分《ふん》もこねなきゃならないなんて……むりかもぉ……」

腰《こし》に手《て》をあて、背中《せなか》をのばす、小麦《こむぎ》。

シュワシュワシュワ……。

「わらいごとじゃないって」

シャシャシャシャシャッ！

「そういえば……」

と、小麦《こむぎ》は、おじいちゃんのレシピを見直《みなお》した。

「あ、やっぱり。たたいてもいいんだね」

生地《きじ》はすっかり一つのかたまりになっている。これなら、ボール
を放《ほう》るように、台《だい》にたたきつけられそうだ。

「ええと、おじいちゃんは、たしか、こんなふうに……」

生地《きじ》のはしっこをつかんで、テーブルに投《な》げた。

ビチャッ。

へなちょこな音《おと》がした。

そんな音《おと》でも、おどろいたのは、わらいじょうご。たちまち、天《てん》

井《じょう》あたりへと、とびのいた。

「こんなもんじゃないのよ。おじいちゃんなんて、大太鼓《おおだいこ》たたいたみたいな音出《おとだ》すんだから」

もう一度《ど》、ちょうせん。

ブシュウーッ。

やっぱり、うまくいかない。

「おかしいな」「うーん、だめ」「なんでなの!?」「次《つぎ》こそは！」「んもうっ、知《し》らない！」

ボオムンッ!!

おなかにひびくような、重《おも》く、低《ひく》い音《おと》。

「できた！　これ、これ！」

気《き》がつくと、わらいじょうごのすがたが消《き》えている。

「あら？　わらいじょうごさん、どこ？」

もしやと、小麦《こむぎ》はエプロンのポケットをのぞいた。あんのじょう、中《なか》にかくれてる。

「大《おお》きな音《おと》で、びっくりしたのね。ごめん、ごめん。でも、おいしいパンを焼《や》くためには、大切《たいせつ》な仕事《しごと》なんだよ」

うまくたたきつけようと小麦《こむぎ》が悪戦苦闘《あくせんくとう》しているうち、目安《めやす》の十五分《ふん》がたっていた。

「どうだろう。もう、いいかな」

レシピには、ポイントとして、こねあがりのチェックの方法《ほうほう》が、ふきだしで記入《きにゅう》されている。

《生地《きじ》のはしを両手《りょうて》で少《すこ》しずつのばしていき、向《む》こう側《がわ》がすけて見《み》えるようになれば、ＯＫ！》

「だいじょうぶかしら。やぶけないかな」

おそるおそる生地《きじ》をひろげていく。生地《きじ》は弾力《だんりょく》のあるゴムのようにのびる。すけすけになっても、最後《さいご》までやぶれはしなかった。

「うん！　きっとＯＫね！」

きれいな丸《まる》の形《かたち》にまとめる。

『このとき、表面《ひょうめん》をはらせること。口《くち》の中《なか》で風船《ふうせん》ガムをふくらませるような、まくをはるイメージ』

レシピには、こうも書《か》いてある。

『あるいは、生地《きじ》の表面《ひょうめん》にラップをかけるイメージ』

「こんな感《かん》じかなぁ？」

『丸《まる》めおわりをつまんでとじ、下《した》にする』

「はい、下《した》にしました！」

丸《まる》めた生地《きじ》をボウルに入《い》れる。

そこで、また、ふきだしのポイントが――。

《ボウルには、うすく油《あぶら》をぬっておく。くっつきにくくなる》

「エッ！　早《はや》く言《い》ってぇ。もうおいちゃったぁ」

シャワシャワシャワッ！

陽気《ようき》なわらい声《ごえ》。いつポケットを飛《と》びだしていたのか、わらいじょうごが小麦《こむぎ》の頭上《ずじょう》でクルクル回《まわ》っている。

そのようすを横目《よこめ》でにらんで、

「しょうがない。次回《じかい》からちゃんとやる、ってことで」

なにしろ、初《はじ》めてなのだ、失敗《しっぱい》があってもあたりまえ、と小麦《こむぎ》は思《おも》う。

ボウルにラップをかける。ここにも、ふきだし。

《ラップは乾燥《かんそう》させないためだが、生地《きじ》がふくらんでくるので、ふんわりとかけること》

「このまま、四十分《ぷん》くらいおくんだって。それを『一次発酵《いちじはっこう》』とよびます」

解説口調《かいせつくちょう》でひとりごとを言《い》って、小麦《こむぎ》は、ボウルの中《なか》の、こねあげられた生地《きじ》をながめた。つやつやで、なめらか。最初《さいしょ》は、ただのこなだったのに。

「大変身《だいへんしん》だね。すごいよね!?　小麦粉《こむぎこ》！　ついでに小麦《こむぎ》も！」

小麦《こむぎ》は指《ゆび》で自分《じぶん》をさした。

「なぁんてね。あ、小麦《こむぎ》って、わたしの名前《なまえ》。わかる？　名前《なまえ》。こ・む・ぎ」

目《め》の前《まえ》の空中《くうちゅう》で停止《ていし》しているわらいじょうごの、うすいピンクの羽《はね》がパタパタ。

「やっぱり人間《にんげん》の言葉《ことば》、わからないのかな。だけど、そのうち、わかるようになるよ。コロネだって、そうだったもんね」

「ワンッ！」

（もちろんです。今《いま》はこのとおり、わかりますとも！）と、コロネがアピール。

「コ、ロネ」

「そう、コロネ」

と言《い》って、

「えッ!!」

小麦《こむぎ》は、わらいじょうごをふりかえった。

「コロネってしゃべった!?　ねぇ！」

「コロネ。コロネ」

「そうよ！　じゃあ、わたしは？　こ・む・ぎ。言《い》ってみて」

「こ・む・ぎ」

「すごい!!　言《い》えるじゃない！　すごい！　すごい！」

「すごい！　すごい！　すごい！」

わらいじょうごは、「すごい」の言葉《ことば》を発《はっ》しながら、ソフトクリームを巻《ま》くみたいに空中《くうちゅう》を飛《と》びまわっている。

「そんなに回転《かいてん》して、目《め》、回《まわ》らない？　ねぇ、あなたの名前《なまえ》は？」

「すごい！　すごい！」

「じゃなくて！　名前《なまえ》はなんて言《い》うの？　教《おし》えて。でないと、いつまでも、わらいじょうごさんって、よばなきゃならないよ」

回転《かいてん》するのをやめて、首《くび》をかしげたその子《こ》の名前《なまえ》は、はたして――

「こ・む・ぎ……？」

「小麦《こむぎ》はわたし！　だいたい、こ・む・ぎ、じゃなくて、小麦《こむぎ》ね。ゆっくり言《い》ったのは、聞《き》きとりやすくしてあげたからなの。一字《じ》一字《じ》、切《き》らなくていいから。小麦《こむぎ》」

「小麦《こむぎ》」

「そう、それがわたしの名前《なまえ》。で、あなたは？」

相手《あいて》は首《くび》をかしげるばかり。

「もしかして……、名前《なまえ》、ないの？」

「小麦《こむぎ》。コロネ。すごい！　すごい！　すごい！」

またもや空中《くうちゅう》を回《まわ》りだした、わらいじょうご、あらため、名《な》なしのごんべえさん。

「ううん、名《な》なしのごんべえじゃ、あんまりね。かわいそう。だったら、わたしがつけてあげよう……。う〜ん、そうねぇ……」

小麦《こむぎ》はイスに腰《こし》かけ、ダイニングテーブルに、ほおづえをついた。

その小麦《こむぎ》の目《め》の前《まえ》で、小《ちい》さな人《ひと》は、スプーンの柄《え》の上《うえ》を、平均台《へいきんだい》みたいにバランスをとりながら歩《ある》いている……。うすいモモ色《いろ》の体《からだ》……。

「コモモ……」

小麦《こむぎ》はつぶやいた。

「いや、わたしが小麦《こむぎ》でしょう？　この子《こ》はもっと小《ちい》さいから……、コモモより、ココモモ……。ココモモ‼　どう⁉　ココモモ！　いいんじゃない⁉」

スプーンの上《うえ》で立《た》ちどまって、

「コ……ココ？」

口《くち》まねしようと試《こころ》みる小《ちい》さな人《ひと》に、

「ココモモ」

と、ゆっくり、はっきり、小麦《こむぎ》は伝《つた》える。

「ココモモ」

「そうよ！　あなたの名前《なまえ》。あなたは、ココモモ！」

「ココモモ！」

スプーンの柄《え》から、ココモモはジャンプした！

クルクルクルクルッと、三回転宙返《かいてんちゅうがえ》り。ダイニングテーブルに着地《ちゃくち》し、
と思《おも》ったら、またジャンプ！　もうスピードで天井《てんじょう》まで一直線《いっちょくせん》に飛《と》
んで、そこから今度《こんど》は左《ひだり》のかべへ、次《つぎ》には右《みぎ》のかべへ……、ビュン
ッ、ビュンッ、ビュンッ。ココモモが飛《と》んだあとには、金《きん》の線《せん》が残《のこ》

る。キラキラキラ……。

「きれい！　花火《はなび》みたい」

「ワンワンワンッ」

コロネもココモモの動《うご》きを追《お》って、部屋中《へやじゅう》をかけまわる。

「そういえば、みんな、『こ』で始《はじ》まるね。小麦《こむぎ》。コロネ。ココモモ」

小麦《こむぎ》が言《い》った。

「ココモモ。小麦《こむぎ》。コロネ」

ココモモが言《い》った。

「ワンッ、ワンッ、ワンッ」

コロネがほえた。

「フフフフ……」

楽《たの》しくて、小麦《こむぎ》はわらってしまった。

「ウフフフ……」

「わらいじょうご。わらいじょうご。小麦《こむぎ》、わらいじょうご」

「え!?　すごい。そんな言葉《ことば》まで、おぼえたの？　意味《いみ》がわかるの？

ココモモ、すごい！」

ココモモは、ダイニングテーブルにおりたって、計量《けいりょう》カップのふちにすわった。

「あなた、とてもおりこうさんね」

「ココモモ、おりこうさん」

と、ココモモが、さらに一つ、新《あたら》しい言葉《ことば》をおぼえる。

ピピピピピッ……。

キッチンタイマーが鳴《な》りだした。一次《いちじ》発酵《はっこう》の四十分間《ぷんかん》にセットしておいたのだった。

「あっ！ 見《み》て、ココモモ！」

ボウルの中《なか》のパン生地《きじ》が、ふくらんでいた。一・五倍《ばい》くらいに。

「フィンガーテストをしてみるね」

と、小麦《こむぎ》。

「発酵《はっこう》のようすを、かくにんする方法《ほうほう》のことよ。おじいちゃんのレシピに書《か》いてあるの。人《ひと》さし指《ゆび》の先《さき》に、軽《かる》く小麦粉《こむぎこ》をつけて……こうすると、指《ゆび》に生地《きじ》がつかないんだって……生地《きじ》の中《なか》まで、そっとさしこむ。いい？　やってみるよ。……うぅ、きんちょうするな……」

おっかなびっくりさしこんだ小麦《こむぎ》の人《ひと》さし指《ゆび》は、生地《きじ》の中《なか》にズボッとしずみ、持《も》ちあげたら、スッとぬけた。

「わぁ、マシュマロみたい。フワフワで、モチモチ」

「フワフワで、モチモチ」

と、ココモモも。

そして、指《ゆび》の形《かたち》にあいた小《ちい》さなあなは、そのままだった。ちぢまない。

「おぉ！　一次発酵終《いちじはっこうお》わり！　大成功《だいせいこう》！」

拍手《はくしゅ》する小麦《こむぎ》をまねて、ココモモも小《ちい》さな両手《りょうて》をあわせてたたいた。

「では、次《つぎ》。分割《ぶんかつ》です」

ここからは、テーブルにキャンバス布《ぬの》というクロスをしく。目《め》のあらいキャンバス布《ぬの》は、パン生地《きじ》がくっつきにくく、作業《さぎょう》がしやすくなるのだそうだ。

ボウルからとりだした生地《きじ》を、切《き》りわけていく。このとき、手《て》でちぎってはダメ。せっかく発酵《はっこう》した生地《きじ》をたくさんきずつけてしまう。小麦《こむぎ》は、おばあちゃんの家《いえ》から借《か》りてきた、スケッパーとよばれる、金属製《きんぞくせい》の四角《しかく》い板《いた》を使《つか》った。これで包丁《ほうちょう》のように切《き》って、デジタルはかりにかける。一個《こ》五十グラム。全部《ぜんぶ》で十五個《こ》のかたまりができた。

それを、一つずつ、表面《ひょうめん》をはらすように軽《かる》く丸《まる》める。つまんでとじた部分《ぶぶん》は下《した》にして、くっつかないように、はなしてならべる。かたくしぼったぬれフキンを、上《うえ》からふんわりとかける。この《ふんわり》が、またおじいちゃんのふきだしポイント。《さらにふくらもうとする生地《きじ》の、じゃまをしてはいけないから》。

「で、この子《こ》たちは、おひるね。この十五分間《ふんかん》のおひるねタイムを、ベンチタイムといいます」

ひと仕事《しごと》を終《お》え、やれやれと、小麦《こむぎ》もソファに体《からだ》をしずめた。

「あぁ、つかれたぁ。……なんだか、わたしも……ねむくなってきた……」

6　形《かたち》をつくって、焼《や》きあがり!!

ピピピピピッ……。

タイマーの音《おと》で、小麦《こむぎ》は、はっと目《め》をさました。いつのまにかねむってしまっていたようだ。

見《み》ると、足《あし》もとでコロネも丸《まる》くなっている。

「あ、ココモモは？」

「ココモモ、ここ」

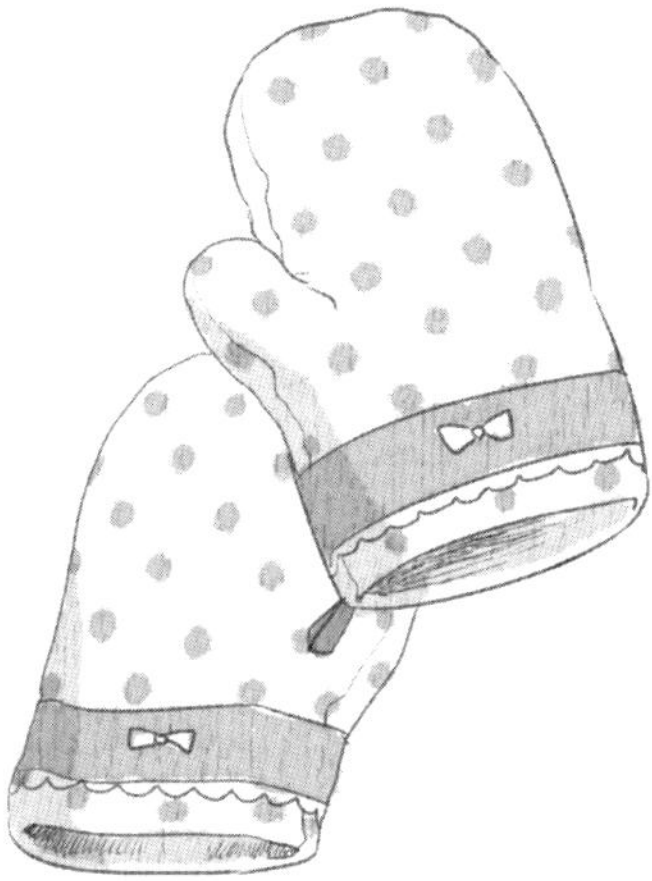

声《こえ》がして、なんと、ココモモが、コロネの背中《せなか》の毛《け》の中《なか》からあらわれた。

のびをしながら、大《おお》きなあくびを一つ。こちらもおひるね中《ちゅう》だったらしい。

「そこにいたの？　いいベッドを見《み》つけたわね。ってか、今《いま》の、ダジャレ？」

小麦《こむぎ》がわらうと、「シャシャシャシャシャッ」、ココモモもわらった。どこまで理解《りかい》しているかはわからないが、この妖精《ようせい》の知能《ちのう》の成長《せいちょう》がとても早《はや》いことはまちがいない。

「ベンチタイム終《お》わりね。パンはどうなったかな」

作業台《さぎょうだい》へともどり、かぶせたフキンをめくりあげたら……。

「わぁ、いい感《かん》じにふくらんでる！　ふかしたてのおまんじゅうが

ならんでいるみたい」

さぁ、成形《せいけい》。クルクルと巻《ま》いたロールパンの形《かたち》に生地《きじ》を仕上《しあ》げて

いく作業《さぎょう》。

おじいちゃんのレシピも、この部分《ぶぶん》の説明《せつめい》がもっとも細《こま》かい。い

くつもの図《ず》が入《はい》り、なかなかてごわそうだ。

小麦《こむぎ》は、一つ目《め》のおまんじゅうを手《て》にとった。キャンバス布《ぬの》の上《うえ》

で、手《て》のひらを使《つか》ってころがし、のばしていく。その場合《ばあい》、片方《かたほう》の

はしを太《ふと》く、そこからだんだん細《ほそ》く、長《なが》い円《えん》すい状《じょう》になるようにと、

心《こころ》がけること。

「……って、むずかしすぎだよッ！　おじいちゃん！」

レシピにかかれたイラストの形《かたち》どおりには、うまくのばせない。円《えん》すいというより、ほぼ長方形《ちょうほうけい》の先《さき》に、しっぽがついたみたいな出《で》来《き》になってしまったが、

「ま、いっか、一個目《こめ》だし」

小麦《こむぎ》は、あっさり、なっとく。

わりと大《おお》ざっぱな性格《せいかく》なのだ。

だいたい長《なが》さ二十センチくらいまでにのばしたら、横向《よこむ》きだった生地《きじ》を、今度《こんど》はたてにおきなおす。

しっぽのほうのはしを手前《てまえ》にして、左手《ひだりて》の中指《なかゆび》と人《ひと》さし指《ゆび》とのあいだにはさむ。右手《みぎて》でめんぼうを使《つか》い、生地《きじ》の上《うえ》を、手前《てまえ》から向《む》こう側《がわ》へと、さらにおしのばしていく。

ひらたく、細長《ほそなが》く、のした生地《きじ》。太《ふと》いほうのはしからクルクルと巻《ま》く。巻《ま》き方《かた》にも、ふきだしポイントがあった。

《最初《さいしょ》はしっかりと、最後《さいご》はふんわりと。焼《や》いたときに、また少《すこ》しふくらむことを、頭《あたま》に入《い》れて》

巻《ま》きおわりを、はがれないよう、つまんでむすぶ。

「できた！」

どうだ！　と、小麦《こむぎ》は、成形《せいけい》しおえた生地《きじ》を、手《て》のひらにのせてみせた。

「ワンワンッ！」

ココネがほえ、ココモモは、まるで点検《てんけん》するみたいに、生地《きじ》の上《うえ》から、下《した》から、横《よこ》から……、飛《と》んでまわっている。

「うーん……」

小麦《こむぎ》は首《くび》をかしげた。三回巻《かいま》いてはいるのだが、三つの層《そう》は、どれもほぼ同《おな》じはば。ロールパンのきれいなもようが出《で》ていない。

「ま、いっか。最初《さいしょ》はこんなもんよ。たぶん」

と、やっぱり、ここでも小麦《こむぎ》はめげなかった。

「じゃ、次《つぎ》もいくよー」

手《て》のひらで、細《ほそ》い円《えん》すい状《じょう》にのばして、定規《じょうぎ》ではかっておおよそ二十センチ。たてにして、めんぼうでのす。太《ふと》いほうから、巻《ま》く、クルクルと。いっちょうあがり！

しかし……。

「まだ、二つ目《め》」

小麦《こむぎ》は見《み》やった。ずらりとならんだ、おまんじゅうの形《かたち》のパン生《き》地《じ》たち。

「これ、全部《ぜんぶ》、成形《せいけい》するんだよね。一つに、こんなに時間《じかん》がかかっていたら……」

生地《きじ》がどんどんかわいてきてしまう。白《しろ》っぽくなり、パサパサしてくるのがわかる。（早《はや》くして！　早《はや》くして！）順番《じゅんばん》を待《ま》つ生地《きじ》たちの声《こえ》が聞《き》こえるようだ。さすがの小麦《こむぎ》もめげる。

「コロネやココモモも手伝《てつだ》ってよぉ！」

待《ま》ってました！　自分《じぶん》たちの出番《でばん》かと、ぴょんぴょんぴょんっ、後《うし》ろ足立《あしだ》ちでジャンプを始《はじ》める、コロネ。ビュンッビュンッ、高速飛行《こうそくひこう》で部屋中《へやじゅう》を飛《と》びまわる、ココモモ。足《あし》もとで、コロネがぴょんぴょんっ。頭上《ずじょう》で、ココモモがビュンッビュンッ。

「ありがと、ありがとう。お気持《きも》ちだけいただいておく。そうね、これはわたしの仕事《しごと》。あなたたちをあてにしちゃいけないね」

小麦《こむぎ》は、もくもくと形《かたち》づくりにとりくんだ。なるべく急《いそ》いで、でも、生地《きじ》をいためないようていねいに。

こねることも、成形《せいけい》も、地味《じみ》で地道《じみち》な作業《さぎょう》のくりかえし。もっとおもしろい仕事《しごと》かと、小麦《こむぎ》は考《かんが》えていた。

なぜなら、パンづくりをしているときのおじいちゃんが、カッコよかったから。いつも楽《たの》しそうだったし……。

(おじいちゃん……)

ちゅうぼうでのおじいちゃんのすがたを思《おも》いだしていた。

ロールパンの成形《せいけい》だって、おじいちゃんは、まるで手品師《てじなし》。手《て》のひらにすいつくみたいに動《うご》き、あっというまに形《かたち》を整《ととの》えた生地《きじ》の表《ひょう》面《めん》の帯《おび》のはばは、つねにきれいなだんだんに。

（あんなふうにはできないけど……。おじいちゃんに食《た》べてもらうんだもの）

おじいちゃんに――。

（だから、どうぞ、おいしくなぁれ！）

数《かず》をこなすうちに、少《すこ》しずつなれてきた。作《さ》業《ぎょう》にリズムが生《う》まれ、テンポよく進《すす》む。すると、気《き》分《ぶん》も楽《たの》しくなってくる。

「あれ？　これで最《さい》後《ご》？　なぁんだ、せっかく調《ちょう》子《し》出《で》てきたのに。もうちょっとやりたかったな」

というところで、成《せい》形《けい》が終《しゅう》了《りょう》した。終《お》わりのころにつくった生《き》地《じ》の巻《ま》きもようは、けっこううまくいっている。

オーブンの天板《てんぱん》に、クッキングシートをしく。その上《うえ》に、成形《せいけい》した生地《きじ》を、巻《ま》きおわりのとじ口《ぐち》を下《した》にして、間隔《かんかく》をあけてならべる。そのまま、約《やく》四十分間《ぷんかん》、おく。かわかないように、ぬれふきんをふわっとかけて。

「この仕上《しあ》げ発酵《はっこう》が終《お》わったら、いよいよ焼《や》くよ」

オーブンの温度《おんど》を百八十度《ど》にせっていして、あたためを開始《かいし》しながら、小麦《こむぎ》は、コロネとココモモにつげた。

「待《ま》ちどおしいね！」

ふたたび、コロネが後《うし》ろ足《あし》ジャンプ。負《ま》けじと、ココモモも高速《こうそく》飛行《ひこう》。ぴょんぴょんぴょんっ。ビュンッビュンッビュンッ。

「うれしいのはわかるけど、それ、仕上《しあ》げ発酵中《はっこうちゅう》、ずっとやってる気《き》？」

あんのじょう、動《うご》きつかれて、ダウン。ゆかでコロネが、ダイニングテーブルの上《うえ》ではココモモが、ぐったり休《やす》んでいるうちに、仕《し》上《あ》げ発酵《はっこう》のときはすぎた。

ころころと、ふくらんだ生地《きじ》は、天板《てんぱん》の草原《そうげん》で草《くさ》をはむ、ひつじのむれのよう。

「おけしょうしましょう」

一ぴき、一ぴきに、ときたまごを、ハケでうすくぬっていく。

「こうすると、焼《や》きあがりのパンに、おいしそうなつやが出《で》るんだって」

両手《りょうて》にキッチンミトンをはめて、小麦《こむぎ》。オーブンのドアを開《あ》ける。奥《おく》に赤《あか》い熱《ねつ》をひめた、暗《くら》いほらあなが口《くち》をのぞかせる。その中《なか》へと、いよいよ、天板《てんぱん》を流《なが》しこむ。コロネとココモモも、背後《はいご》で見守《みまも》っている。

焼《や》き時間《じかん》は、十二分《ふん》。

じっとしていられない。でも、ここからはなれたくない。けっきょく、小麦《こむぎ》は、オーブンの前《まえ》にずっと立《た》ったままでいた。コロネとココモモも。

両手《りょうて》を組《く》んで、小麦《こむぎ》はいのった。

「うまくいきますように。じょうずにふくらんで、おいしく焼《や》きあがりますように！」

小麦《こむぎ》の右肩《みぎかた》に、ココモモがまいおりた。自分《じぶん》も小《ちい》さな両手《りょうて》を組《く》んで、いのるかっこう。

コロネの短《みじか》いしっぽがブンブン左右《さゆう》にふられる。それをまねしているのか、ココモモの頭《あたま》の触角《しょっかく》みたいな部分《ぶぶん》もゆれた。右《みぎ》へ、左《ひだり》へ、また右《みぎ》へ……。

すると、ほんのり、先端《せんたん》の丸《まる》い玉《たま》のピンクが、こくなったような……。そこから、金色《きんいろ》のこなが、少《すこ》し、ひらひら、きらきら、と、こぼれたみたいな……。

（……まほう……？）

「ティンッ！」と、はずむような音《おと》で、オーブンが焼《や》きあがりを知《し》らせた。

急《いそ》いで、小麦《こむぎ》は、天板《てんぱん》をとりだした。

あらわれたパン。こんがり黄金色《こがねいろ》。表面《ひょうめん》がつやつや光《ひか》り、まぶしいほどだ。こうばしいにおいが部屋中《へやじゅう》にひろがっている。

思《おも》わず、焼《や》きたてのパンの一つに手《て》をのばした。わってみる。

ふわぁっと、湯気《ゆげ》がのぼった。白《しろ》い生地《きじ》が強《つよ》い弾力《だんりょく》でのびて、ちぎれる。

ゆっくりと、口《くち》に運《はこ》ぶ。

ほのあたたかくて、ふんわりあまい味《あじ》、そのあとに少《すこ》し苦《にが》みのある、そしてこのにおいは……

「酵母《こうぼ》?」

ボンジュールのちゅうぼうでいつもかいでいる、小麦《こむぎ》には近《ちか》しい、パンイーストのかおりだった。

「すごい……。できた……」

これを自分《じぶん》がつくったのだ。自分《じぶん》だけの力《ちから》で。

(ううん、ちがう。コロネと、ココモモと、三人《にん》で)

小麦《こむぎ》は思《おも》いなおした。

(もしかしたら、ココモモが、まほうを使《つか》ってくれたのかも。あのとき。だから、初《はじ》めてでも、こんなにじょうずに焼《や》けたんだわ！）

「ありがとう！　ココモモ。コロネも」

小麦《こむぎ》は、ちぎったパンの片方《かたほう》をコロネに、もう一方《いっぽう》をさらにもっと小《ちい》さく切《き》って、ココモモにさしだした。

コロネはいっしゅんのうちにのみこんでしまい、（もっとください！　もっとください！）と目《め》でうったえているが、ココモモは、パンを前《まえ》に首《くび》をかしげるばかり。

「どうぞ。あなたの分《ぶん》。食《た》べてみて。おいしいよ」

「おいしい？　おいしい」

ふたたび、ココモモが空中《くうちゅう》を飛《と》びまわりはじめた。

「おいしい！　おいしいよ！　おいしいよ！　おいしい！」

「まだ食《た》べてないじゃない。ほら、ココモモ、回《まわ》ってないで、おいで。食《た》べないのなら、くれって、ココネが言《い》ってるよ」

「ワンッ、ワンッ!!」

ココネがほえたのは、小麦《こむぎ》の言葉《ことば》に賛成《さんせい》したからではなかった。

げんかんのカギがガチャッと鳴《な》ったから。

「あっ、ママだ！」

小麦《こむぎ》は、動《うご》きを止《と》め、空《くう》にういたままでいるココモモを、見《み》あげて言《い》った。

「ママが帰《かえ》ってきたみたい。ちゃんとしょうかいするからね。だいじょうぶよ」

「うわぁ、なにこれ、いいにおい。もしかして――」

と言《い》いながらリビングに入《はい》ってきたママに、

「ジャ、ジャーンッ！」

小麦《こむぎ》は、かごにのせた焼《や》きたてのロールパンをひろうした。

「えぇーっ、小麦《こむぎ》がつくったの⁉　ウソでしょう⁉」

「もちろん！　すごい？　わたし？」

「スゴすぎだよ！　本当《ほんとう》に？　おじいちゃんのレシピ見《み》て、ひとりで⁉」

「ひとりじゃないの。じつはね――」

ココモモをママにひきあわせようとした、小麦《こむぎ》だったが……。

（あれ？　いない。ココモモ、どこ？）

小麦《こむぎ》はコロネをふりかえった。

（ココモモ、知《し》らない？）

いればその方向《ほうこう》を見《み》るはず。しかし、コロネの目《め》が熱心《ねっしん》に見《み》つめているのは、小麦《こむぎ》がかかえたパンのかご。ペロペロと舌《した》なめずりまでして。

（んもう、くいしんぼうのコロネったら。かんじんなときに役《やく》に立《た》たない）

部屋《へや》のあっちこっちを、小麦《こむぎ》は見《み》まわした。

(……あ……)

ふと、思《おも》った。

(ひみつなのかもしれない。ココモモのことは、わたしだけの。もし、ほかの人《ひと》にすがたを見《み》られたり、わたしがだれかに話《はな》してしまったら、ココモモはいなくなってしまうんじゃ……。そうよ。……きっとそう!)

「どうしたの? なにかさがしもの?」

けげんな顔《かお》つきのママに、

「ううん、なんでもない」

小麦《こむぎ》は首《くび》を横《よこ》にふってみせた。

ママの鼻《はな》の前《まえ》に、つやつやのロールパンをさしだして、バターのにおいをかがせる。

「それより、焼《や》きたてだよ。めしあがれ！」

7　よいにおい

おじいちゃんが入院《にゅういん》しているのは、このあたりでは一番《ばん》の大《おお》きな総合病院《そうごうびょういん》だった。いつもおおぜいの人《ひと》でごったがえしているが、土《ど》曜《よう》の午後《ごご》の今《いま》は、待合《まちあい》スペースに外来《がいらい》の患者《かんじゃ》さんたちのすがたはなく、しずかだ。小麦《こむぎ》とママがよんだエレベーターにも、ほかに乗《の》っている人《ひと》も、とちゅうで乗《の》りこむ人《ひと》もおらず、目的《もくてき》の五階《かい》までノンストップで着《つ》いた。

白《しろ》いかべとドアが続《つづ》く、めいろのようなろうかを、どう進《すす》めばよいか、もうおぼえてしまった。

だけど、消毒《しょうどく》と給食《きゅうしょく》のまざったみたいな、入院病棟《にゅういんびょうとう》どくとくのこのにおいには、なんだかまだなれない。遠《とお》く知《し》らない世界《せかい》にまよいこんだ気《き》がして、心細《こころぼそ》くなってくる。

小麦《こむぎ》は、胸《むね》にかかえた紙《かみ》ぶくろの封《ふう》を、少《すこ》し開《ひら》いた。中《なか》から、バターのかおりがたちのぼる。そのかおりを大《おお》きくすいこみ、ママと二人《ふたり》、おじいちゃんの病室《びょうしつ》へと向《む》かった。

五二三号室《ごうしつ》のドアは開《あ》けっぱなしになっていた。四角《しかく》い部屋《へや》を、さらに四等分《とうぶん》に仕切《しき》った四枚《まい》のカーテンは、それぞれしまっている。

おじいちゃんのベッドは、奥《おく》の左側《ひだりがわ》。

ちょうどなにかの処置《しょち》を終《お》えたらしき看護師《かんごし》さんが、器材《きざい》ののったワゴンをおして出《で》てきた。「こんにちは」「お世話《せわ》になっています」とあいさつをかわして、入《い》れちがいに、小麦《こむぎ》たちがカーテンの中《なか》に入《はい》った。

「おじいちゃん、来《き》たよ！」

小麦《こむぎ》の声《こえ》に、ベッドに横《よこ》たわったおじいちゃんが、左手《ひだりて》をあげてこたえた。右《みぎ》うでにはチューブがさしこまれ、点滴《てんてき》のポールへとつながっていた。

「ごくろうさま。来《き》てくれて、ありがとう」

と、パイプイスから、おばあちゃんが立《た》ちあがろうとした。

「あ、いいよ、そのますわってて」

と、ママ。

「どう？　調子《ちょうし》は？」

「絶好調《ぜっこうちょう》だ」

と、おじいちゃん。

「このとおり。ガンコはあいかわらずよ。ああしろ、こうしろ、って、ベッドの上《うえ》でうるさく命令《めいれい》するから、『知《し》りません！』って、ついわたしも。ケンカばかりで、同室《どうしつ》のみなさんに、あきれられてると思《おも》うわ」

ちゃめっけたっぷりに、おばあちゃんがわらう。

「だれが、ガンコだ。そっちだろう、ゆうづうがきかんのは」

「はいはい、わたしですね」

ふだんと同様《どうよう》くりひろげられる二人《ふたり》のやりとりに、

「たしかに絶好調《ぜっこうちょう》そうね」

小麦《こむぎ》の耳《みみ》もとでママがささやく。

「うん」

小麦《こむぎ》は、でも、おじいちゃんの手《て》から目《め》をそらすことができなかった。おじいちゃんのうでには、右《みぎ》にも左《ひだり》にも、青《あお》や黄色《きいろ》のあざが点《てん》てんとうかんでいる。

「あぁ、これか」

小麦《こむぎ》のしせんに気《き》づいて、おじいちゃんが言《い》った。

「点滴《てんてき》のあとだ。いたそうだろう？　ところが、じつは、ぜんぜんいたくないんだよ」

「そっか。だったら、よかった！」

明《あか》るく返事《へんじ》したけれど、小麦《こむぎ》はあらためて思《おも》った。

（おじいちゃんは、病気《びょうき》なんだ……）

「で、焼《や》いてみたか？」

もちろん、パンのことをさしているのだと、すぐにわかった。小《こ》麦《むぎ》もそれを報告《ほうこく》したくて、とんできたのだ。紙《かみ》づつみをおじいちゃ

ん に持《も》ちあげて見《み》せる。

体《からだ》を起《お》こしにかかるおじいちゃんを、おばあちゃんが手伝《てつだ》った。

「どれ」

小麦《こむぎ》から手《て》わたされた紙《かみ》づつみを、おばあちゃんが、ベッドにすわったおじいちゃんの手《て》もとで開《ひら》いた。

「あら、じょうずにできたこと！」

第一声《だいいっせい》は、ふくろの中《なか》をのぞきこんだ、おばあちゃん。

おじいちゃんが、点滴《てんてき》をしていない左手《ひだりて》で、ロールパンの一つをとる。いろんな角度《かくど》からながめる。においをかぐ。器用《きよう》に指《ゆび》を使《つか》って、二つにちぎる。内側《うちがわ》を、また、ながめる。

小麦《こむぎ》の胸《むね》がドキドキしていた。
と――。ぱくっ、おじいちゃんがパンを口《くち》に入《い》れた。
「どう?」
もぐもぐもぐ……。
おじいちゃんは、まだかんでいる。
ごくんっ。
のみこんだみたい。
おじいちゃんからの感想《かんそう》を、小麦《こむぎ》は息《いき》を止《と》めて待《ま》つ。
おじいちゃんが、大《おお》きく、うなずいた。まちがいなく、これはO
Kのサイン!

「よかったぁ」

ようやく息《いき》をはきだすと、いっしょに体中《からだじゅう》の力《ちから》がぬけていった。

そのあとで、こみあげてきたのは、とてもうれしい気持《きも》ち。

「でしょっ、でしょっ、でしょう!?　初《はじ》めてなのに、すごいよねっ！　みんなに食《た》べてもらおうと、いっしょうけんめい焼《や》いたんだよ。ほら、おばあちゃんも、食《た》べてみて」

「ありがとう」

と、おばあちゃん。手《て》のひらにのせたロールパンを、目《め》を細《ほそ》めて、いつくしむようにながめている。

「本当《ほんとう》にねぇ、じょうずに焼《や》けてるわ」

「血筋《ちすじ》ね。さすが、わがむすめ。将来有望《しょうらいゆうぼう》なパン職人《しょくにん》のたんじょうかしら？」

じまんげなママの発言《はつげん》に、ぴしゃりとおばあちゃんが、

「あなたには、まったく才能《さいのう》なかったけれどもね」

ママがペロッと舌《した》を出《だ》した。

小麦《こむぎ》は、言《い》った。

「ううん、むりだよ。わたし、今日《きょう》、やってみて、わかった。時間《じかん》かかるし、力《ちから》もいるし……。毎日毎日《まいにちまいにち》、いくつもいくつも、同《おな》じものをつくって、同《おな》じ作業《さぎょう》のくりかえしで……。パン屋《や》さんって、大《たい》変《へん》な仕事《しごと》だね、おじいちゃん」

おじいちゃんは、言《い》った。

「仕事《しごと》だもの。あたりまえさ。が、こねるのは機械《きかい》だしな。小麦《こむぎ》は手《て》ごねだったから、力《ちから》もいっただろう。しかし、手《て》ごねでつくる家《か》庭《てい》のパンのおいしさは格別《かくべつ》なんだよ。より、思《おも》いがこもるんだろうな。こねるとき、発酵《はっこう》を待《ま》つ時間《じかん》にも、成形《せいけい》をしながらも、食《た》べさせたい人《ひと》の顔《かお》が思《おも》いうかぶ……。はるか昔《むかし》から、パンを主食《しゅしょく》にしてきた国《くに》の家《いえ》いえで、そうやって、パンはつくられてきたんだ」

（わたしも、おじいちゃんを思《おも》いだしながら、ロールパンをつくった……）

「それに、楽《たの》しくはなかったかい？　だれかのために、パンを焼《や》くのは」

「うんっ、楽《たの》しかった、すごく!!」

「小麦《こむぎ》。手《て》をかして」

おじいちゃんの左手《ひだりて》が、小麦《こむぎ》の右手《みぎて》をとった。その手《て》のひらを、おじいちゃんは、自分《じぶん》の鼻《はな》の前《まえ》まで持《も》っていく。

「パン酵母《こうぼ》のにおいがするな」

「エッ？　ウソッ、まだしてる？　よくあらったんだけど」

左手《ひだりて》を、小麦《こむぎ》もかいでみると、たしかにほんのりすっぱいにおいがしていた。

「よいにおいだ」

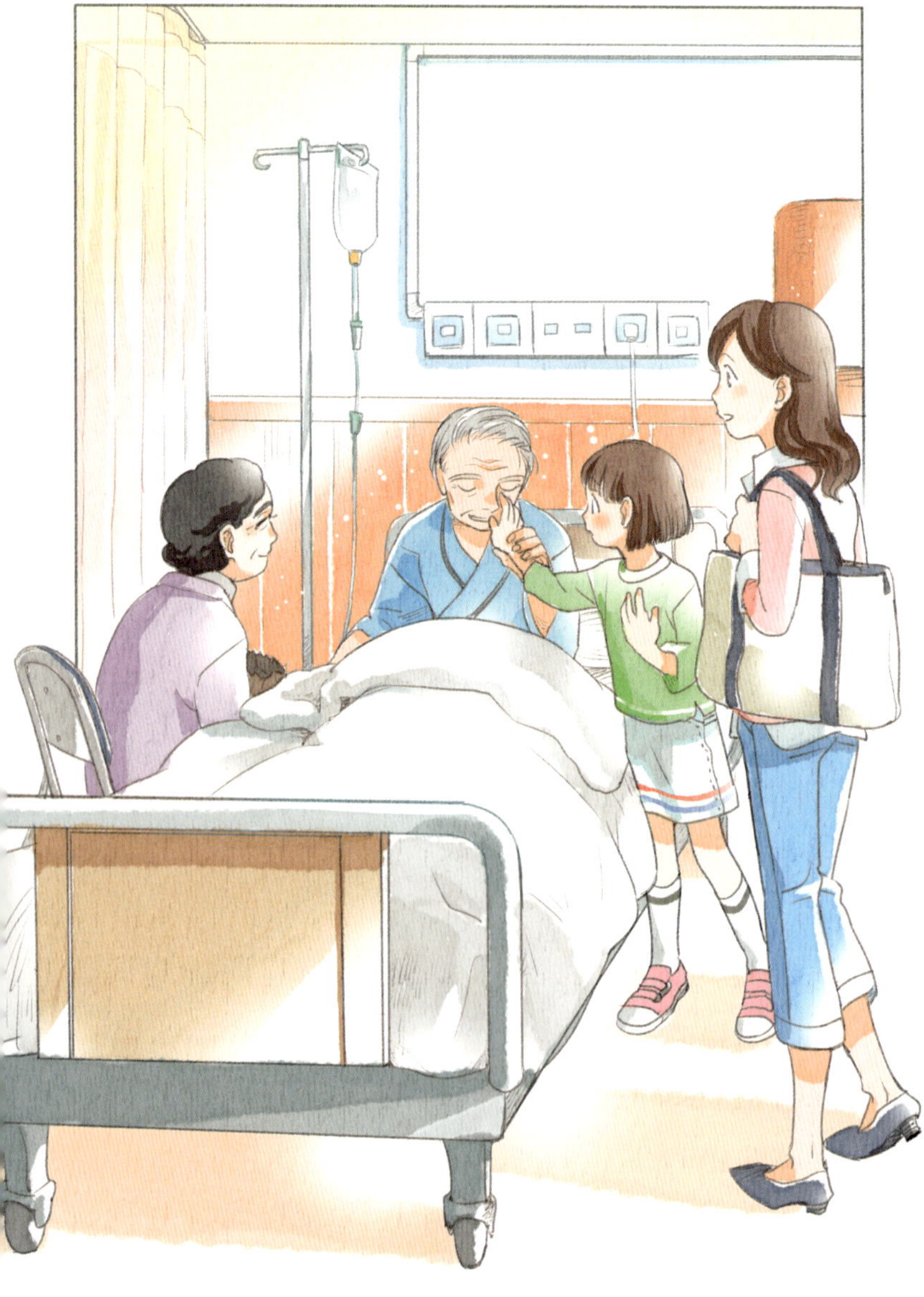

かおりを全身《ぜんしん》にすいこむように、ひとみをとじて、おじいちゃんがつぶやいた。

「そうそう、二人《ふたり》に言《い》っておかないとね。おじいちゃんの手術《しゅじゅつ》の日《ひ》が決《き》まったの」

おばあちゃんの言葉《ことば》に、小麦《こむぎ》とママの目《め》があう。

「だいじょうぶだ。小麦《こむぎ》のパンを食《た》べたからな。がんばれるよ」

と、おじいちゃんの声《こえ》は、力強《ちからづよ》かった。

つくってみよう！ おいしいロールパン

レシピ作成●吉澤千晴

★材料（15コ分）★

強力粉　400g
インスタントドライイースト　6g
さとう　30g　…A
しお　4g
スキムミルク　20g

はちみつ　10g
水　260g
バター　40g
（室温にもどしておく）

わたしはイチゴの天然酵母を使ったけどここでは手軽にできるドライイーストを使ったつくり方を紹介するね！

1
ボウルにAの材料を入れて軽くまぜます。はちみつは水に入れてとかしておきます。

2
はちみつをとかした水を①に入れて、まぜあわせます。だいたいまざったら、ひとまとめにして台の上に移します。

3
2〜3分こねたらバターを何回かに分けてくわえます。

バターは生地にぬりつけるように！

4 約《やく》15分間《ふんかん》、生地《きじ》をこねたり、まとまってきた生地《きじ》のはしを持《も》って、台《だい》にたたきつけたりします。

生地《きじ》のはしを両手《りょうて》で持《も》ち、少《すこ》しずつのばして広《ひろ》げて、向《む》こう側《がわ》がすけて見《み》えるようになればＯＫです。

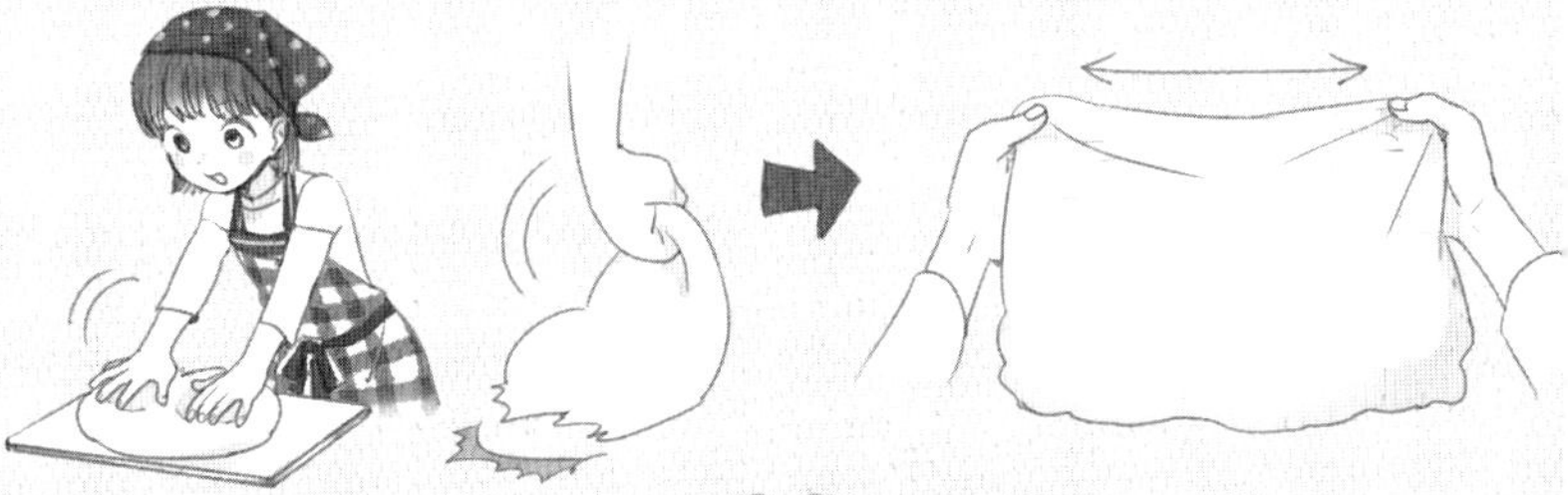

5 生地《きじ》をまとめて手《て》のひらにのせ、表面《ひょうめん》をはらせて、まくをはるように丸《まる》くします。

6 うすく油《あぶら》をぬった深《ふか》いボウルに生地《きじ》を入《い》れ、ラップをかけて暖《あたた》かい場所《ばしょ》に約《やく》40分間《ぶんかん》おきます(一次発酵《いちじはっこう》)。

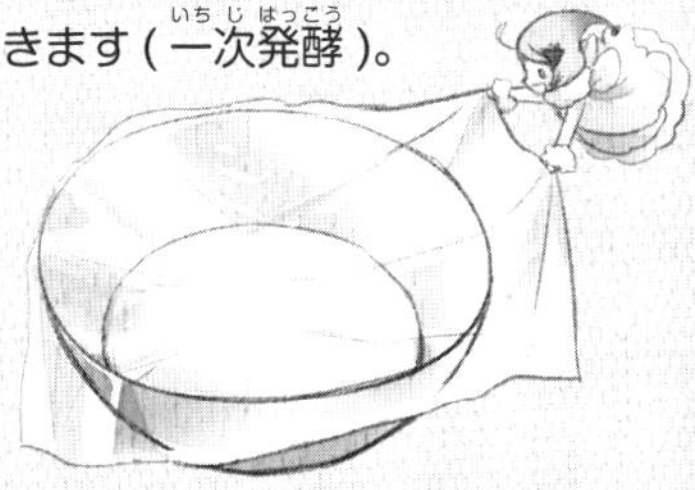

●フィンガーテストをしてみよう！

生地《きじ》がくっつかないよう、小麦粉《こむぎこ》をつけた人《ひと》さし指《ゆび》の先《さき》を、生地《きじ》の中《なか》にそっとさしこむ。指《ゆび》をぬいて穴《あな》がちぢまなければ発酵《はっこう》がうまくいっている合図《あいず》。ちぢんだら発酵《はっこう》がたりない証拠《しょうこ》なので、もう少《すこ》し時間《じかん》をおこう。

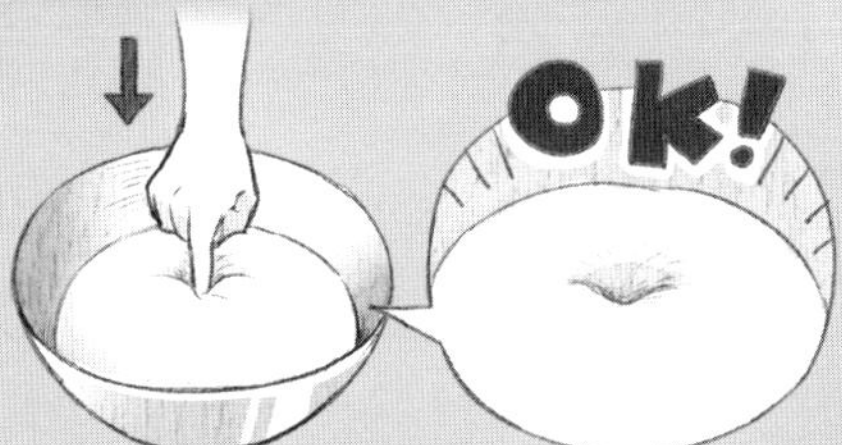

発酵《はっこう》に適《てき》した温度《おんど》は27～28℃くらい。40分間《ぶんかん》は目安《めやす》なので、時間《じかん》にこだわらずに、生地《きじ》の大《おお》きさが1.5倍《ばい》くらいになったら一次発酵《いちじはっこう》は終《お》わりだよ。

7 ボウルから生地《きじ》をとりだし、台《だい》の上《うえ》に移《うつ》して1コ50gに切《き》りわけます。

手《て》でちぎるのはダメ！　ほうちょうやハサミを使《つか》おう。

8 それぞれの表面《ひょうめん》を、はらせるように軽《かる》く丸《まる》め、くっつかないよう間隔《かんかく》をあけてならべます。

9 かわかないよう、固《かた》くしぼったぬれフキンを上《うえ》からふわっとかけて、15分《ふん》ほど休《やす》ませます。

この時間《じかん》をベンチタイムというよ。

10 手《て》で転《ころ》がしながら、片方《かたほう》のはしが、だんだん細《ほそ》くなるようにのばしていき、長《なが》さ20cmくらいの細長《ほそなが》い円《えん》すい状《じょう》にします。

ここから成形《せいけい》だよ！
20cm!

11 とじ目《め》が上《うえ》になるようにおき、中指《なかゆび》と人《ひと》さし指《ゆび》の間《あいだ》に細《ほそ》い方《ほう》の先《さき》をはさみます。めん棒《ぼう》で手前《てまえ》から転《ころ》がしていき、最後《さいご》の太《ふと》い方《ほう》に来《き》たら少《すこ》し強《つよ》くおしましょう。

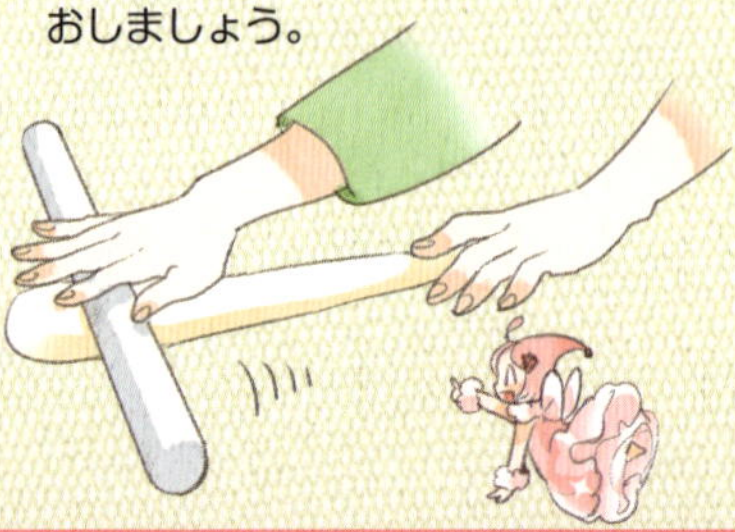

12 のばした生地《きじ》の太《ふと》い方《ほう》から、くるくると巻《ま》いていきます。最初《さいしょ》はしっかりと、最後《さいご》の方《ほう》は、ふんわりと巻《ま》きます。巻《ま》きおわりは、くっつけるように、しっかりとおさえます。

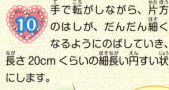

13 シートをしいた天板《てんぱん》に、巻《ま》きおわりを下《した》にして、間隔《かんかく》をあけてならべます。

14 かわかないように固《かた》くしぼったぬれフキンをかけて、そのまま約《やく》40分間《ぶんかん》待《ま》ちます。

15 といた卵《たまご》を、うすくまんべんなく、ハケで表面《ひょうめん》にぬります。

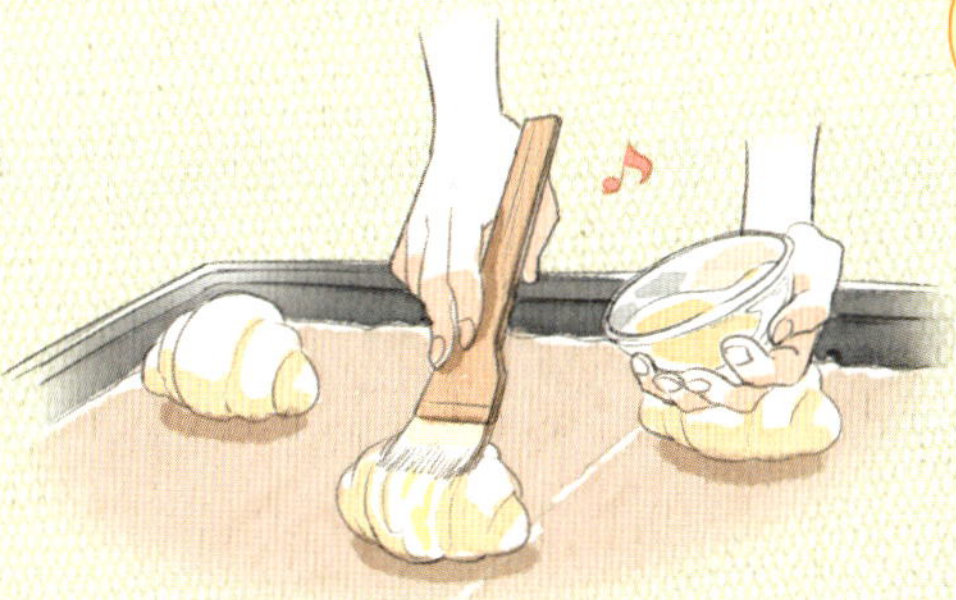

フキンは発酵《はっこう》をさまたげないよう、ふわっとかけよう。この仕《し》上《あ》げ発酵《はっこう》の適温《てきおん》は35℃くらい。寒《さむ》い冬《ふゆ》にはコタツの中《なか》などに入《い》れるといいね。

16 あらかじめ180℃に温《あたた》めておいたオーブンで12分《ふん》焼《や》いたら…。

できた！
わあ、おいしそう!!
うん、上出来《じょうでき》だ。

＊オーブンを使《つか》うときは、おうちの人《ひと》といっしょに！　やけどなどに十分《じゅうぶん》気《き》をつけてね。

●あとがき●

小麦《こむぎ》のひみつ

物語《ものがたり》の主人公《しゅじんこう》の名前《なまえ》でもある『小麦《こむぎ》』。みなさんは見《み》たことがありますか。お米《こめ》になる稲《いね》とはちがいます。同《おな》じイネ科《か》の植物《しょくぶつ》ですが、こちらはおもにパンやうどん、お菓子《かし》の材料《ざいりょう》に使《つか》われます。中国《ちゅうごく》、アメリカ、フランス……と、多《おお》くの国《くに》で栽培《さいばい》され、そういった地域《ちいき》ではパンが主食《しゅしょく》です。

小麦《こむぎ》には、他《た》の穀物《こくもつ》にはない、特別《とくべつ》なタンパク質《しつ》がふくまれています。水《みず》をくわえると、ねばりけのあるまくをつくり、そのまくの中《なか》に、酵母《こうぼ》がはきだした炭酸《たんさん》ガスをとじこめ、パンはふくらむのです。このとき、とても大事《だいじ》なのが『こねる』という作業《さぎょう》。よくねり、こね、たたくことによって、しっかりとしたまくがはられ、たくさんのガスをだきこんだ、ふっくらパンにしあがります。

みなさんも、ぜひ、レシピを参考《さんこう》に、パンづくりにちょうせんしてみてください。「おいしいパンになぁれ！」と、じゅもんをとなえながら、生地《きじ》をいっしょうけんめいこねるのが、ポイントですよ。

小麦《こむぎ》ですが、日本《にほん》でも、北海道《ほっかいどう》などを中心《ちゅうしん》に栽培《さいばい》されています。しかし、その生産量《せいさんりょう》は多《おお》くありません。一年《ねん》を通《とお》しての寒暖《かんだん》の差《さ》がはげしく、雨《あめ》がよくふる日本《にほん》の気候《きこう》は、小麦《こむぎ》にはあまり向《む》いていないのです。ところが、水《みず》をこのむ稲《いね》には、高温多湿《こうおんたしつ》な夏《なつ》も、山《やま》と川《かわ》にかこまれて、豊富《ほうふ》な地下水《ちかすい》を持《も》つ地形《ちけい》も最適《さいてき》で、だから、日本人《にほんじん》は太古《たいこ》から米《こめ》を主食《しゅしょく》としてきました。

その場所《ばしょ》で、その食物《しょくもつ》が食《た》べられるようになったことにも、理由《りゆう》があります。昔《むかし》の人《ひと》たちが土地《とち》に適《てき》したものを発見《はっけん》し、工夫《くふう》をかさね、次《つぎ》の世代《せだい》へとつないでいった食文化《しょくぶんか》を、今《いま》のわたしたちも味《あじ》わっているのですね。

作者●**斉藤栄美**（さいとう えみ）
東京都に生まれる。児童文学作家。「四年一組石川一家」シリーズで作家としてデビュー。おもな作品に『レイナ』『ふしぎなおるすばん』『転校 ～なずなの場合～』『教室 ～6年1組がこわれた日～』「あおぞらえん」シリーズ、「忍者KIDS」シリーズ（以上いずれもポプラ社）、『わたしがふたり』（教育画劇）、『ぼくとママのたからもの』「ラブ♡偏差値」シリーズ、『妖精のパン屋さん』（いずれも金の星社）など多数。

画家●**染谷みのる**（そめや みのる）
奈良県に生まれる。イラストレーター、漫画家。書籍の装画やさし絵、雑誌での漫画執筆を中心に活動。おもな装画作品に『夢であいましょう』（赤川次郎·著、朝日文庫）、『さがしものが見つかりません！』（秋山浩司·著、ポプラ社）、『ふるい怪談』（京極夏彦・著、角川つばさ文庫）、『春待ちの姫君たち』（友桐夏・著、東京創元社）、『妖精のパン屋さん』などがある。http://asapi.client.jp/

パン作りアドバイザー●吉澤千晴

装丁／ＤＯＭＤＯＭ
編集協力／志村由紀枝

◆ 参考文献 ◆

『おいしい天然酵母パンが丸ごとわかる本』寺田サク監修（枻出版社）
『パン「こつ」の科学』吉野精一（柴田書店）
『NHK テレビテキスト 趣味 Do 楽　KOBE で極める！ 世界のパン』（NHK 出版）
『おいしくて安全　国産小麦でパンを焼く』農文協編（農文協）
『レストランのパン カフェのパン』近藤敦志（柴田書店）

妖精《ようせい》のロールパン

作●斉藤栄美　絵●染谷みのる

初版発行―2015年 5 月

発行所―株式会社 金の星社
〒111-0056 東京都台東区小島 1-4-3
電話 03(3861)1861(代表)　FAX.03(3861)1507
ホームページ http://www.kinnohoshi.co.jp
振替 00100-0-64678

印刷――株式会社 廣済堂
製本――牧製本印刷 株式会社

NDC913　ISBN978-4-323-07319-4　159P　19.5cm
© Emi Saitô & Minoru Someya, 2015
Published by KIN-NO-HOSHI SHA, Tokyo, Japan

乱丁落丁本は、ご面倒ですが小社販売部宛にご送付ください。
送料小社負担にてお取替えいたします。

JCOPY (社)出版者著作権管理機構 委託出版物
本書の無断複写は著作権法上での例外を除き禁じられています。複写される場合は、そのつど事前に(社)出版者著作権管理機構(電話 03-3513-6969　FAX 03-3513-6979　e-mail: info@jcopy.or.jp)の許諾を得てください。
※ 本書を代行業者等の第三者に依頼してスキャンやデジタル化することは、たとえ個人や家庭内での利用でも著作権法違反です。